웃어서 행복한 그녀 이야기

황미숙 에세이

청어

웃어서 행복한
그녀 이야기

황미숙 에세이

추천사

◆ 웃음 전문 강사의 길을 20년째 걸어오신 황미숙 박사님은 많은 사람들에게 행복을 전해줍니다. 웃으면 행복해지니까요. 웃으면 건강해진다는 것을 과학적으로 밝힌 학자도 있지요. 사람의 첫인상은 6초 이내에 결정된다고 합니다. 그렇다면 이 짧은 시간에서 좋은 이미지를 만드는 최상의 방법은 웃음이 아닐까요? 웃음의 일상화를 위해 황 박사님이 펴내시는 웃음 에세이집을 통해 많은 독자들이 행복과 건강이 함께 하실 것으로 믿어 이 책의 일독을 권합니다.

전) 대전광역시장 **염홍철**

◆ '소문만복래(笑門萬福來)' 웃는 가정에는 만복이 깃든다고 합니다. 웃지 않고 지낸 하루는 낭비한 하루입니다. 가정마다 직장마다 웃음꽃을 피워서 '가화만사성'과 '국태민안'을 이루어 갑시다. 화려하지 않아도 정결하게 사는 삶. 가진 것이 적어도 감사하며 사는 삶. 정성스런 작은 힘 나눠주며 사는 삶. 이것이 웃음유머 강사 황미숙 박사의 행복전도사로서의 모습입니다. 그의 선물인 이 책을 통해 우리들의 삶이 더욱 윤택해 지기를 기대합니다.

전) 한남대학교 총장 **김형태**

◆ 웃음 전문 강사로서 황미숙 박사는 그 명성이 널리 알려져 있다. 평소 웃음이 가득하여 행복이 넘치는 사회를 꿈꾸는 작가의 의지가 고스란히 녹아있는 에세이집이라 생각합니다. 이 책은 일반 독자 뿐만 아니라 웃음 강사를 꿈꾸는 예비강사들의 지침서가 되리라 확신합니다.

대전광역시 국장 / 한국웃음행복아카데미 운영위원장 김성철

'왜 사느냐 하고 물으면 그냥 웃지요!' 어느 시인의 말처럼 오늘도 웃으며 행복해지렵니다. 웃음강사 황미숙 박사를 만나 보면 참 행복한 모습의 전형 같은 웃음천사입니다. 늘 편안한 미소와 웃음으로 달관한 삶의 모습을 보며 진정한 인생의 승리자요, 이 시대의 표상입니다. 그의 외모와 웃음의 매칭은 가히 예술적입니다.

이제 영화 '님의 침묵' 을 시작으로 영화배우로도 데뷔했습니다. 앞으로 그의 활동을 기대합니다. 이 책은 그의 성숙함이 더욱 돋보입니다. 이 글을 통하여 여러분들의 삶이 더욱 윤택해지리라 믿습니다.

사) 한국영화감독협회 영화감독 한명구

◆ '웃음으로 꽃을 피운 강단의 여신' 대전의 이인(異人)하면 황미숙 박사, 황미숙 하면 '웃음 폭탄제조기', 세상의 모든 만물 가운데 웃을 수 있는 건 오직 사람뿐. 그 웃음을 언제나 어디서나 제조해 내는 이인(異人)이 바로 황미숙 박사인 것이다. 그가 그동안 제조해 낸 웃음을 책으로 펴낸다 한다. 그러니 추천 안 할 수 없다. 모두들 웃자, 그리고 남을 헐뜯지 말고 행복하게 살자.

극작가 **김용복**

◆ 우리 아파트 출입문을 열고 들어서면 가장 먼저 눈에 띄는 액자 속 문구가 있다. '웃으면 복이 와요'다. 대학에 다니는 아이들이 취학 전 정했던 우리 집 가훈이니 20년은 넘은 듯하다. 우리 가족은 가훈처럼 산다. 표정이 밝다. 한 건물 지하에 두 곳의 식당이 나란히 있다. 한 집은 북적이고 또 한 집은 한적하다. 두 집주인의 차이는 웃는 인상과 웃지 않는 인상이다. 웃으면 복이 오고, 돈도 오고, 사람도 온다. 그것만큼 가치 있는 행복한 삶이 어디 있으랴. 황미숙 박사의 책에는 복도 담겨있고, 돈을 부르는 비법도 있고, 사람을 모으는 전략이 담겨있다.

동아일보 / 채널A 대전충청취재본부장 **이기진**

◆ 힘들 때 떠오르는 얼굴이 있다. 언제나 밝고, 환한 얼굴로 맞아주는, 그리고 수시로 웃어주는 분, 떠올리기만 해도 전염병처럼 지친 내 얼굴에도 미소가 떠오르게 하는 분! 자칭 웃음으로 세상을 바꾸겠다고 나선 황미숙 박사다. 황 박사가 그동안 진행한 강의를 바탕으로 웃음에세이를 냈다. 황 박사의 책에는 사람에 대한 깊은 연민과 따뜻한 배려가 녹아 있다. 많은 분들이 이 책을 읽고 세파에 싸울 힘과 용기를 얻고, 웃음과 행복을 찾기를 바라는 마음이다.

전)대전지방검찰청 차장검사 / 변호사 **이성희**

◆ 평생 살면서 멀리해야 할 세 사람이 있습니다. 부정적인 사람과 소극적인 사람 특히 재미없는 사람입니다. 이 책의 저자는 이세 가지를 고루 못 갖추고 있기 때문에 읽을 가치가 있습니다.

엔터테이너 **전승훈**

◆ 하하 호호 항상 웃음과 행복을 전파하시는 황 박사님께서 쓰신 한 줄, 한 줄 우리 모두를 위해 행복과 웃음을 심어 놓은 듯합니다. 무엇보다 자신을 내려놓고 있는 모습 그대로의 자신을 안아 주고, 자신을 사랑하고, 웃음과 행복이 넘치는 삶을 원하시는 모든 분들에게 전하는 귀중한 글입니다.

한밭대학교 교수 공학박사 모중환

◆ 웃음은 하나님의 선물, 최고 좋은 보약, 부작용 없는 치료제, 하나님의 뜻이다. 웃으면 몸도 마음도 정신도 환경도 치료되고 회복된다. 이렇게 좋은 웃음을 한국웃음행복아카데미 황미숙 박사님께서 금번에 웃음 에세이집으로 출간하신다하니 기쁜 마음으로 초고를 읽고 감동이 큰 바 여러분에게 강력하게 일독을 추천하는 바이다.

웃음행복대학 대표(Ph.D) 목사 권영세

인간은 웃는 재주를 가지고 있는
유일한 생물이다.

-빅토르 위고-

웃음은 사람이 가지고 태어난 가장 큰 자유로운 힘이기도 합니다. 예쁜 봄날 목련 잎을 밟으며, 웃음을 밥 먹듯 가장 가까이에 두고 살아온 나였기에 힘든 내 날들이 슬프지만은 않았다는 생각을 해 봅니다.

어릴 적 가난한 집안 환경에 아들을 먼저 교육하고자 하는 부모님의 말씀에도 의지를 굽히지 않고 최선을 다해 공부를 했어요.

힘든 상황에서 좋은 성격과 원만한 친구관계는 웃음이 많았던 나의 열정 에너지와 긍정적인 마인드 덕분이 아니었나 싶습니다.

"교수님은 웃으면 행복하신가요?"
라는 한 만학도 학생의 질문에 생각할 시간도 없이
"그럼요 선생님 웃어보세요. 지금보다 훨씬 더 행복하고 많은 행복감과 영향력을 발휘하셔서 선생님 삶의 큰 변화가 오실 겁니다."
라고 말을 한 적이 있었습니다. 나를 바꾸는 건 1초면 되지만 타인을 바꾸는 것은 1년, 아니 3년이 걸려도 어렵다는 말이 있잖아요. 먼저 웃고, 먼저 다가가면 모두가 함께 웃을 수 있습니다.

많은 분들이 웃음을 찾고자 전국에서 저를 찾아오십니다. 그 속에는 어둠의 빛으로 고민과 아픔을 지고 살아오시면서 웃음만이라도 찾아보겠다고 오시는 분들도 계십니다. 그분들께 저는 이렇게 말을 합니다.

"웃음은 내가 나를 버릴 때, 내가 나에게 모든 것들을 용서할 때 이루어지는 것이에요. 내가 나를 이해하지 못하고 아파하는데 남들 앞에서 어떻게 웃을 수 있겠어요. 나부터 내려놓고 웃어보세요."

나를 안아주기 시작하고, 나를 사랑해 주고, 그리고 나에게 맘껏 웃어주는 것들을 시작해보세요.

사람의 마음으로 무엇을 얻을 수 있을까요? 마음은 한없이 깊고 넓어 모든 것을 포용할 수 있는 우주의 힘 같은 것입니다. 거기에 웃음이 곁들여진다면 우리 모두가 즐겁고 후회 없는 날들을 보낼 것이라 믿어요.

글을 쓰다 보니 함께 읽고, 나누고 싶어졌어요. 웃음을 내 안의 심장처럼 소중하고 귀하게 그리고 언제나 가득 채워 놓게 된다면 아픈 사람도 슬픈 사람도 없을 것입니다.

웃음 전문 강사의 길로 20년째 걸어오면서 나를 더 성장시키고 성숙하게 만들어 줬던 이야기를 담은 이 책을 통해 쉼을 얻고 더 기분 좋은 웃음을 나누었으면 합니다.

산에는 핑크빛 진달래와 노오란 개나리가 활짝 핀 이 만물이 소생하는 봄날, 예쁜 것을 보며 웃음 짓는 것처럼 내 마음에도 예쁜 꽃들을 심어보는 건 어떨까요.

웃음행복박사
황미숙 드림

차례

추천사 4

작가의 말 9

일 장, 외로운 사람들에게

웃음이 있어야 25

내가 웃는 이유는 26

오늘도 잘했어 27

웃음이 헤픈 나는 28

쌍방향 소통법 29

웃음으로 성공한 여성 30

행복한 사람 32

웃음과 감사 33

첫 강의는 나에게 34

웃음의 이유 36

너를 바라보면서 37

부정은 긍정을 절대로 이기지 못한다   39

열 손가락   40

어둠을 밝히는 빛   41

행복은 어디로부터   42

웃어요   43

내 마음을 지켜주세요   44

맛있는 건 더 맛있게   46

삶은 전쟁터가 아니니   47

나는 불량엄마입니다   48

푸른 파도   49

우리 모두 웃어요   51

비타민이 되어   52

물 흐르듯이   53

원주민의 아이들   54

너 덕분에   55

행복한 죽음을 생각합니다   57

배움 앞에 서있다   58

너를 사랑해   59

희망의 주인공이 되고 싶습니다   60

아직 늦은 것이 아니니 후회는 하지 말아요   61

영원히 소중한 나를   62

사랑이란?   64

인생의 기회   65

그렇게 살려고 하니   66

그래서 아프다   67

행복해지기 위해서   68

무지개와 같이   69

감사는 축복의 비결   70

스스로 행복찾기   71

이 장, 마음 편히 웃을 수 있다면

웃는 하루   75

인생은 선택의 연속   76

웃음의 씨앗   77

돌아오는 인생길   78

인생의 짐   80

웃음의 힘   81

질투하는 내 모습   82

좋은 소통   83

용서는 그렇게   84

박수 치듯이   85

함께하는 소통   87

행복하기 위해서   88

그리움이란   89

나누는 삶이…   90

섭섭했던 마음이   91

내 잘못을 먼저 살펴야겠습니다　　　　92

당신으로부터　　　　94

진정한 나의 친구　　　　95

자존감을 키워보아요　　　　96

당신의 멘토　　　　97

웃음치료사 선생님　　　　98

강사밥　　　　100

나는 울음치료사입니다　　　　101

삶의 목적지　　　　102

언제나 늘 그랬듯이　　　　103

나의 단점을　　　　104

비교하는 마음을 버리세요　　　　105

정은　　　　106

내일이 아닌 오늘을　　　　108

항상 웃고 있는 당신　　　　109

동그란 내 얼굴　　　　111

성공하고 싶다면　　　　112

아름다운 삶　　　　113

내 꿈은 멀어져 갔습니다　　　　114

희망열차 타고　　　　116

강의장에서　　　　117

최고의 날이라 여기며　　　　118

오늘의 끼니　　　　119

잘한다 잘해　　　　121

부지런한 개미는   122

당신에게 다가가   123

내 어릴 적 꿈은   124

오늘도 고생했어   125

삼 장, 꼭 웃을 일이 있을 때만 웃을 필요는 없죠

현재진행으로 달려봐   129

이런 것이 인생이구나   130

웃음은 희망   132

꿈과 웃음은 한 집안에 산다   133

꿈은 짝사랑   134

웃음은 내장의 조깅   135

엄마와 자식이란 삶   136

강사의 기도   138

잘 들어보겠습니다   139

꿈은 바로 여기에   140

산처럼 들처럼   142

초록빛 소나무입니다   143

그것이 사랑이다   144

오늘도 웃음으로   146

참이슬 한 잔   147

강산이 주는 행복감   148

작년에 왔던 각설이   150

달팽이 걸음처럼   151

저 둥근 달처럼   152

오늘도 마음 가득 담아   153

나의 사랑, 나의 사랑   154

잘 살아온 나에게   155

나무 한 그루를 심었습니다   156

힘들면 그만해도 돼   157

웃는 얼굴들을 서로가 마주하며   159

세상은 혼자 사는 것이 아닌데   160

홍시와 단감 사이   161

엄마의 유머 한 방   162

봄비와 함께 보낼게요   163

지금 이대로   164

복이 많다고 하네요   166

습관이 된 날들   167

가난한 집의 아이   168

연결해주는 다리   169

휴식 같은 친구   170

빨간 신호등엔 멈추세요   171

사랑은 내가 먼저   172

나 답게 살아봐요 우리   173

어쩌면 오늘이 내 삶의 마지막 날일지라도   175

만남의 소중함은 늘 존재한다   176

글을 통해 위로 받는 것도 좋은 방법입니다   177

나를 변화시키는 에너지   178

사 장, 웃음 행복으로의 산책

나를 후회하지 마세요   183

소금의 맛   184

생각이 늙지 않았다는 것   186

기억을 떠올려봅니다   187

그런 사람과 함께 하고 싶지 않네요   188

더 당당하게   189

핑크빛 립스틱   191

당신 옆에 서겠습니다   192

다름은 다양성의 시작인데   193

네가 행복하길 바란다   194

느림 속 여유의 시간   195

말하지 않으면 오해가 깊어갑니다   196

감사   198

웃음은 건강   199

웃음의 위력   200

웃다보면   201

솜이불   202

포기하지 않습니다   203

세상을 비추는 빛   204

산책길   205

청둥오리 떼   206

상대를 향한 배려   208

담백하게 산다는 것   209

자유로운 영혼자   210

최선을 다하겠습니다   211

진짜 행복해지려면   213

진정한 행복   214

삶 속의 소통의 자유   215

말을 잘하는 것   216

내 짝꿍이 되어   217

아픔이 있었기에 성숙해질 수 있었습니다   218

마음의 선물   220

오늘은 아주 많이 피곤합니다   221

추운 겨울에 내리는 비   222

나는 사랑하련다   224

누구에게나 있는 것   227

혼자가 아닌 함께 나눌 때   228

갱년기   229

팥 칼국수   231

주인공의 삶   232

강사는 노력하는 사람입니다   233

오 장, 나를 웃음 짓게 하는 것들

관계 속에서 어른이 되어갑니다   237

저 밤하늘의 빛나는 별처럼   238

말그릇을 채우세요   240

자유롭게 날고 싶습니다   241

명품 강사가 되고 싶습니다   242

나는 그렇게 향기 나는 사람이고 싶다   243

기억 속 청춘의 날들   244

꼭 만나야만 하는 인연   246

당신은 그럴 때 더욱   247

내 곁을 지켜주는 내 친구야   248

희망을 싣고 싶습니다   249

우리의 인생길   250

인생의 주인공은 나!   252

인상은 삶의 성적표   253

내가 웃으니   254

웃음은 명약   255

내일은 괜찮을 거야   257

인생에 정답은 없으니   258

첫 시작의 그 힘처럼   259

나의 천재소녀   260

청춘이었던 모든 시간들   262

오뚜기처럼 다시 일어나   263

어른이 되는 과정   264

희망의 노래를 부르는 너   265

힐링하는 하루   266

풍선을 불 때면   268

자꾸 욕심을 부리는   269

바람이 불어옵니다   270

묵은 김치의 맛   271

자신의 색을 보여주는 강사   273

꽃무늬 쟁반   274

씨앗은 흙을 만나   275

거울 속의 나에게   276

인생을 도전할 것   278

저의 강단을 사랑합니다   279

잊고 살아온 나의 소중한 것들   280

그리움은 사랑입니다   281

단점보단 장점을   282

다시 한 번 천천히   284

후회 없는 그날을   285

글을 마치며   287

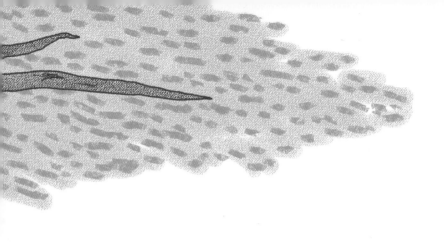

일 장,

외로운 사람들에게

웃음이 있어야

웃음은 돈으로 살 수도 없네요.
사람들이 좋아하는 로또보다 인기가 많아요.
웃음은

건강을 돈으로 살 수가 없어요.
사람들이 좋아하는 로또보다 중요하니까요.
건강은

웃음이 돈보다
건강이 돈보다
좋다네요.

살아본 사람들이
살아온 제가
말합니다.

웃음이 있어야
돈도 명예도 건강도 내 것입니다.

웃음이 있어야
진정한 로또를 만납니다.

내가 웃는 이유는

내가 웃는 이유는
웃으면 기뻐지기 때문이요
또한 슬픔을 이기기 위함이다.
내가 웃을 땐
사랑하기 위해서이고
행복해지기 위해서이다.

오늘도 잘했어

누구나 잘할 순 없지요.
누구나 잘하고 싶지요.
우린 그렇게 하루하루
온 힘을 다해 달리기를 하지요.

너랑 나는 그렇게 시간들 속에서
지구별 여행자가 되지요.

오늘도 잘했어.
아주 잘했어.

웃음이 헤픈 나는

울 엄마는 나를 보며
"저년은 왜 이리 실실 웃니?"

학창시절 친구들은
"저 친구 왜 저리 지랄이니?"

엄마가 되어 아이들이
"엄만 웃는 게 좋아."

웃음이 헤픈 나는 웃음이 좋아.
웃음이 많은 나는 웃음이 좋아.

그런 나는 그냥 좋아.

쌍방향 소통법

부부는 매일 싸움을 하지요.
아이들은 매일 으르렁 다투지요.
어른이 되면 좀 좋아질까 했지만
노인이 되어도 화를 내는 사람이 되었죠.

왤까?
왜 그럴까?

한참을 곰곰이 생각해 보니
나는 너를, 너는 나를.

이해하는 법을 몰랐구나. 소통법을 모르고 살았구나.
일방통행이 아닌 쌍방향 소통법을.

웃음으로 성공한 여성

웃음은 나에게 매일 매일
희망의 에너지를 줍니다.

웃음이 주는 아름다움의 순간순간 리더로서의 책임감은
나를 성공으로 이끄는 귀한 시간들이었습니다.

웃음이 주는 힘과 용기 그리고 내일의 꿈은
내가 이 자리를 지키고 있는 원동력이기도 합니다.

웃음으로 성공한 여성 리더,
내 이름 옆자리에 앉아 항상 나와 함께 합니다.

행복한 사람

스스로
행복한 사람이 되세요.

누군가 나를 행복하게
해주길 기다리지 마세요.

스스로 자신을 행복하게 해주는 사람이 되세요.

당신을 행복하게 해줄
사람은 오직
당신뿐입니다.

행복은
스스로 찾는 것입니다.

웃음과 감사

웃음과 감사는
항암제이다.

웃고 또 웃고
감사하고 또 감사하라
범사에 감사하라.

행복의 분량은
웃음과 감사의 분량과 비례합니다.

웃음과 감사는
건강의 비결이고
행복의 비결입니다!

첫 강의는 나에게

떨리는 마음
설레는 마음
두 가지가 공존하는 순간

정신을 차리고
마음을 다지고
잘 해 보리라 다짐해봅니다.

나를 기다려주는 교육생분들과의 눈 맞춤
나에게 멋지다고 엄지 척을 해 주는 분들

웃음치료는 뭐 따로 있나요.
웃음치료는 웃으면 됩니다.

다 같이
하하 호호
호호 하하

첫 강의는 나에게 영원한 울림이 되어 남아있습니다.
첫 강의는 나에게 희망과 열정으로 남아있습니다.

웃음의 이유

아이를 낳고 엄마가 되면 어른인 줄 알았어요.
좋은 아내가 되면 성숙된 사람인 줄 알았어요.

어느 날 나에게 다가온 아픔의 시간들
어느 날 나에게 너의 몫이니 힘을 내.

아픔은 다 그런 거야.
아픔은 다 그렇게 지나가는 거야.

아픔은 다 그렇게.
아픔은 다 그렇게.

너의 삶의 친구야.

너를 바라보면서

뜨거운 여름날에도 방긋 웃고 있는 너를 보면서
소낙비가 내리는 날에도 미소 지으며 있는 너를 보면서

나는 배운다.
나는 웃는다.
나는 행복해진다.

활짝 웃는 너 밝은 표정의 너 덕분에
나는 웃음이 나온다.
나는 웃고 있다.

고맙다.
해바라기 꽃아.

부정은 긍정을
절대로 이기지 못한다

부정은 늪으로 나를 이끈다.
부정은 나에게 짜증스런 표정으로 대해준다.
부정은 미소 짓는 나에게 바보라고 말해준다.
부정은 웃는 나를 비웃는다.

바로 옆자리에 자리 잡은
긍정은 숲으로 나를 이끈다.
긍정은 나에게 밝은 표정으로 인사한다.
긍정은 나에게 힘내라고 응원해준다.
긍정은 나에게 멋지다고 칭찬해준다.

부정은 긍정을 절대로 이기지 못한다.
절대로.

열 손가락

글을 쓰면서 자판기 위에 내 손가락들이
참 고맙다는 생각을 해 봅니다.

아침에 눈을 떠 창밖을 바라보다가
오늘의 감사함을 기도하는 내 열 손가락이 고마웠습니다.

고마움이 가득 차니 감사함이 넘쳐나고
행복감이 흥이 나니 기쁨이 한강이네요.

오늘도 열 일 하는 내 열 손가락아, 고마워.

어둠을 밝히는 빛

어둠은 주위를 어둡게 만드는 마법의 힘이 있다.
어둠은 나부터 불편하다.

어둠을 이기는 한 가닥의 불빛
어둠은 화려함을 이기고자 애를 애를 쓰지만
어둠은 한 줄기의 빛을 이기지 못한다.

결국
화려한 불빛에게 양손을 들어 항복을 하지.
결국
우리는 어둠을 이기고 화려한 불빛에 스며들어간다.

우리는.

행복은 어디로부터

마음은 생각
생각은 마음

행복은 과연 어디에서부터 시작될까요.

내 안의 작은 에너지
내 안의 조각조각 떠돌아 다니는 희망 하나

행복은 거기서
행복은 여기로
시작됩니다.

웃어요

웃고 또 웃어요.
웃다 보면 웃음이 나와요.

울고 또 울어요.
울다 보면 울음만 나와요.

웃음은 보약이라지요.
웃음은 내 얼굴이지요.

행복도 웃음도 감사함도
웃어요.

내 마음을 지켜주세요

남들이 뭐라해도
내 마음은 단단합니다.

남의 시선이 두려워 아픈 적도 있지만
내 마음은 용감합니다.

허물 안고 아픔 끌고 슬픔 이기는
내 마음을 지켜주세요.

마음을 지켜주세요

맛있는 건 더 맛있게

제일 좋아하는 사람은 맛있는 음식을 맛나게 먹는 사람입니다.
뚱뚱하다고 타박하지 않고 맛있는 음식을 먹는 사람입니다.

제일 좋아하는 사람은 자존감을 세우며 내 모습을 자신 있게 말
하는 사람입니다.

맛있는 건 원래 맛있게 먹어야 맛이 납니다.
맛있는 건 처음부터 주인이 없습니다.

그래서 맛있는 건 맛있게.
그러므로 맛있는 건 더 맛있게.

삶은 전쟁터가 아니니

안되는 일들이 반복되어지니 모두 한 목소리로 외칩니다.
삶은 전쟁터야.

잘되는 일들 속에서도 투덜댑니다.
삶은 전쟁터야.

욕심을 부리며 소리 지릅니다.
삶은 전쟁터야.

잘 돌아보니
잘 생각해보니
사실은 삶은 매일이 배움터요 삶은 매일이 성장터입니다.

나는 불량엄마입니다

스스로 알아서 척척 학교를 가고
스스로 알아서 척척 공부를 하는
스스로쟁이 내 아이들

힘들어도 힘들다고 말하지 않는 모습을 지켜만 보고 있어요.
아파도 아프다고 표현하지 않는 모습을 바라만 보고 있어요.

그 안에 늘 미안하고, 아프고, 가슴 시린 엄마가 있습니다.
그 속에 늘 행복하고, 기쁘고, 감사할 줄 아는 내 아이들이 있습니다.

이런 나는 불량엄마입니다.

푸른 파도

내 마음이 아파서 슬플 때도
저 푸른 파도는 항상 출렁출렁 춤을 춥니다.

내 마음이 가슴 아파 눈물 흘릴 때도
저 푸른 바다는 내마음 헤아려 줄줄 모르고 푸르릅니다.

내 마음이 외로울 때도 모른 체하며
저 푸른 바다는 야속하게 더 씩씩합니다.

푸른 바다의 마음은
어제도, 오늘도, 내일도
푸른 바다의 씩씩함으로 힘을 낼 것입니다.

우리 모두 웃어요

한 번의 웃음은 추억 속 내 삶의 그림자요
두 번의 웃음은 지금의 내 거울 속 표정입니다.

매일이 즐겁지 않지만
오늘이 행복해야
내일에 감사할 수 있기에

우리 모두
박장대소로 지금을 느껴요.
우리 모두
박장대소로 나를 빛내요.

비타민이 되어

몸속 영양소가 필요하듯
내 마음의 에너지를 발산시킬 비타민이 필요합니다.
얼굴을 가꾸어 이뻐지면 행복하듯
내 생각의 영양분도 많이 많이 필요합니다.

비타민이 되어
비타민의 힘으로
나는야, 비타민 같은 여자가 되려 합니다.
나는야, 영양만점 비타민이 되고 싶습니다.

지금 이 순간.

물 흐르듯이

핑하면 뽕해주면 좋겠는데
어이하면 와이하면 좋겠는데

듣지 않고 말만 하려 하니
말만하고 들어주려 하지 않으니
소통의 오류점이 생기네요.

소통은 불통이 되고
불통은 불만이 생기네요.

소통은 자연스럽게
소통은 물 흐르듯이

원주민의 아이들

멀티가 되어야 하는 요즘
스마트폰 이주민은 오늘도 달리고 달리고

손가락의 현란함으로
스마트폰을 움직여주는 원주민의 아이들은
뜀박질을 합니다.

세상이 바뀌고 사람이 변하니
스마트폰처럼 빠른 사람을 찾습니다.
스마트폰처럼 정확한 사람을 찾습니다.

스마트폰처럼.

너 덕분에

내 구석진 한 부분을 빛내주는 너는
내 표정과 이미지를 뽐내는데 제격이지.

내 변신의 주인공이 되어주는 너는
내 화려하지 않는 옷차림을 살려주지.

작은 너의 자리는
작은 내 마음을 자신감으로 지켜주기도 하지.

오늘도 너 덕분에
오늘도 너 덕분에
내가 빛이 난다.

웃어서 행복한 그녀 이야기

행복한 죽음을 생각합니다

한 번도 불행하다고 생각한 적 없었어요.
지금도 여전히 그 마음은 같아요.

하지만
100세 시대라고 떠들어대는 요즘
행복한 죽음을 생각하게 됩니다.

그래서
건강한 몸으로 즐겁게 살아가는 요즘
행복하게 죽음을 맞이할 준비를 해야겠습니다.

늘 처음 생각이 떨리고 아프지
늘 반복되어 하다보면 자연스러워 지는 법.

행복한 사람, 행복한 삶이 되고 싶습니다.

배움 앞에 서있다

먹어도 먹어도 배고픔은 사라지지 않는다.
배워도 배워도 세상 모르는 게 천지다.

배움은 헛됨도 없고
배움은 끝이 없다.

나는 배움 앞에 힘차게 도전장을 내민다.
나는 배움 앞에 나를 믿어본다.

너를 사랑해

자랑거리가 없어도
나는 너를 사랑해.

남들과 비교하면 내세울 게 없지만
나는 너를 사랑해.

뛰어난 능력이 없어도
나는 너를 사랑해.

그 누구보다 더
나는 너를 사랑해.

희망의 주인공이 되고 싶습니다

모든 이에게 희망은 감사입니다.

감사함이 영원하면 행복해질 수 있습니다.

감사함과 행복감을 남의 탓으로 돌리는 순간
희망과 불행이 엇갈린 운명처럼 다가옵니다.

희망은 아주 쉽게 삐지며
불행을 내 곁에 붙여주는 재주가 있습니다.

희망
나는 그 희망의 주인공이 되고 싶습니다.

아직 늦은 것이 아니니
후회는 하지 말아요

한 번만 더 해볼 걸
한 번만 더 노력하려 할 걸
한 번만 생각을 더 해볼 걸

후회스러움이 아프게 오는 날
삶이 늘 아쉬움이 남는구나.

그럼에도 불구하고 지금,
내 마음 작은 여유가 움직인다.

지금이라도 잘 할 수 있어 잘 된 거야.
지금이라도 잘 할 수 있을 것 같아 감사함이야.

영원히 소중한 나를

아무리 돈이 많아도 내가 없으면 소용없는 일
친구가 아무리 좋아도 내가 없으면 친구도 사라지는 일
세상에서 제일 소중하고 감사한 사람은 바로 나.

내가 정말 소중해요.
내가 정말 행복해야
영원히 소중한 나를 만납니다.
영원히 아름다운 당신을 만납니다.

사랑이란?

사랑은 주는 것이며 가장 소중한 것을 내어주는 것이다.
주면서 더 주지 못해 아쉬워하는 것이 사랑이다.

세상을 향해 사랑의 부메랑을 날려보라.

상상할 수 없는 기쁨이
당신의 마음속으로
돌아올 것이다.

사랑은 주면 줄수록
부메랑이 되어 돌아온다.

사랑 가득 담아
웃음 행복을 나눠주니
더욱 기쁘고 행복합니다.

인생의 기회

인생이라는 기회는 단 한 번뿐입니다.
어떤 누구에게도 두 번의 기회는 주어지지 않습니다.

내 인생은
오직 한 번뿐입니다.
한 번뿐인 소중한 내 인생 의미있고 뜨겁게 살자.

뜨겁고 의미있게
내 인생을 살아내자!

그렇게 살려고 하니

지금 웃어요.
지금 행복해요.
지금 아름답게 살아요.

떠들어라. 나는 내 맘대로 살아간다.
간섭하지 마라. 나는 내 맘대로 살아가련다.

나중에 나중에
내 맘 가는 대로 내 뜻 되는 대로

그렇게 살려고 하니 말하지 말고 충고하지 말아라.
그렇게 나는 나중에 하마.

그래서 아프다

내 마음이 무겁고 정리가 되지 않았다.
누굴 아프게 하는 것도, 누구에게 슬픔을 주는 것도
또 다시 나에게 다가올 불화살 같은 것이다.

그래서 아프다.
지금 내 맘이.

행복해지기 위해서

언어의 온도, 말의 온도, 행복의 온도
우리는 우리가 만들어 놓은 말들 속에서 우리를 위로합니다.

행복해지기 위해 전쟁 같은 직장, 경쟁의 광장 학교에서
최선을 다하고 있습니다.

행복해지기 위해 행복도라는 그림을 그려
모두에게 외칩니다.

행복하세요.
행복해야 합니다.
행복감을 느끼며.

무지개와 같이

일곱 색깔 무지개는 너무도 아름다워서
혼자 보기 아깝습니다.

여섯 빛으로 한 가지만 빠져도 어색해질 수 있는 무지개
함께 했기 때문에 더 빛나는 우리들의 삶처럼

무지갯빛은 그렇게 하나가 모여 우리가 되었습니다.
내 삶의 나와 너 그리고 우리
함께라고 말합니다.

감사는 축복의 비결

감사하면 감사할 일이 생기고 감사하면 행복해진다.

감사하면 마음의 풍요를 누리게 되며
마음의 풍요는 곧 삶의 풍요이다.

감사로 하루를 시작하면
감사할 일들이 가득 생깁니다.

오늘도
숨 쉴 수 있고
살아있음에 감사로
하루를 시작합니다.

감사는
축복받는 비결입니다!

스스로 행복찾기

행복은 스스로 찾는 것이고
인생의 덫에서 자신을 구원할 사람 또한
자기 자신뿐입니다.

스스로 행복한 사람이 되세요.
누군가 나를 행복하게 해주길 기다리지 마세요.
스스로 자신을 행복하게 해주는 사람이 되세요.
당신을 행복하게 해줄 사람은 오직 당신뿐입니다.

나는 내가 참 좋다.
나는 나를 정말 사랑한다.
나는 내 있는 모습
그대로를 사랑한다.

나는 나를 행복하게 한다.
나는 스스로 행복한 사람이다!

이 장,

마음 편히
웃을 수 있다면

웃는 하루

오늘 하루 내 이름을 불러준 분들이 참 많습니다.
하하호호
웃음선생님

오늘 하루 나에게 칭찬을 해주신 분들이 너무도 많습니다.
호호하하
명랑선생님

노래를 부르면 참 잘하는구나.
춤을 추면 최고다 최고!

하하호호 웃는 오늘 하루
나의 날입니다.

인생은 선택의 연속

인생은 선택의 연속입니다.
도망갈 수 없다면,
피할 수 없다면,
당당히 맞서야 합니다.

중요한 것은 당신이 스스로 선택을 해야 한다는 것입니다.
자기 인생의 주인답게 말이죠.

나는 내 인생의 주인이다.
나는 스스로 정한 선택을 한다.

나는 내 앞에 놓인 선택지 앞에서 절대 도망가지 않는다.

웃음의 씨앗

세상에 웃음의 씨앗을 퍼뜨리는 것은 의무이다.

내 따뜻한 웃음 하나가 나를 바꾸고
옆사람을 바꾸고, 세상을 바꾼다.
지금 바로 실천하라.

웃으면서 자신에게 오는 모든 변화를 받아들여라.

새로운 문은 반드시 열릴 것이다!

행복의 비결은
웃음바이러스입니다.

돌아오는 인생길

아무리 내던져도 다시 돌아오는 탱탱볼
멀리 보내려 애를 써도 내 뜻대로 되지 않는 부메랑

험난한 우리네 인생길 같네요.
애쓰면 애쓸수록 탱탱볼은 더 나에게로 붙어오고

안간힘을 쓰면 잘 될 것 같아
애를 쓰면 힘이 과해 멀리만 나가는
내 몸과 한 몸 되어 오르는 양과 음처럼

돌아오고 돌아오는 인생길
뿌린 만큼 거둬들이는 인생길

인생의 짐

누구에게나 각자의 짐이 있습니다.
인생이라는 짐은 누구에게나 무거운 짐입니다.

힘들면 힘들다고 말하세요.
너무 힘들어 울고 싶다면 울어도 됩니다.
남들이 이해해주지 않는다고 참기만 해서는 안 됩니다.

참는다고 해서 무거운 것이 가벼워지지 않습니다.

당신의 감정에, 당신의 힘겨움에 솔직해지세요.
솔직해진다고 해서 나약해지는 것이 아니니까요.

웃음의 힘

웃음은 신비의 에너지요, 힘이다!

신이 우리에게 선물로 주신 웃음의 축복을 누리며
에너지가 넘쳐나며 힘 있는
삶을 살자.

그리고
인생을 건강하게
인생을 아름답게
인생을 행복하게
살아 보자!

질투하는 내 모습

순간, 불같은 질투를 느끼며 화가 납니다.

쉽게 꺼지지 않는 센 산불같은 내 안의 부정덩어리
아무리 인정하려고 해도 인정되지 않는 내 표정

어느 날, 질투 하는 내 모습과
거울 앞에서 마주했을 때 알게 되었어요.

지금의 날처럼 질투하는 내 모습이 변함이 없다면
나는 행복하지 않겠구나.

이젠 지워버리려 해요,
질투하는 못난 내 모습을.

좋은 소통

누군가를 좋아하면 웃음이 나옵니다.
누군가와 사랑을 할 땐 행복해집니다.
누군가와 말이 통할 땐 기쁩니다.

좋은 웃음
좋은 소통

내 삶의 에너지입니다.
내 삶의 자존심입니다.

용서는 그렇게

시시비비 잘못을 가리는 순간
우린 모든 문제에 오류를 만들고 있어요.

그 누구도
그 무엇을 위해서도

용서를 해야하는 의무도 없지만
용서 할 수 있는 용기는 필요합니다.
용서는 그렇게 용기에서 시작하여 희망으로 전달됩니다.

그렇게!

박수 치듯이

우리는 습관처럼 기쁠 때 쉴 새 없이 박수를 칩니다.
슬플 때 위로를 위해서 안아줍니다.

운동을 하던 선수가 금메달을 따면 하나 되어
누구나 기쁜 맘으로 박수를 치듯이.

내가 힘든 일을 이겨낼 때도
내가 어려운 일을 퍼팩트하게 해낼 때도
아낌없이 내밀어 주는 손은
큰 박수로 화답해줍니다.

함께하는 우리

함께하는 소통

소리를 듣기만 하는 줄 알았죠.
소리는 맘으로 담고
소리는 몸으로 느끼며
소리는 행동으로 안아주는 겁니다.

쌍방향 함께 하는 소통이 되어야
친절한 소통이 이루어집니다.

행복하기 위해서

행복하기 위해서
사랑하는 사람을 만나고

행복하기 위해서
치열한 일터에서 참아보며

행복하기 위해서
오늘을 이기려는 인내심을 발휘합니다.

행복하기 위한
행복하기 위해서
오늘도 씩씩해집니다.

그리움이란

보고 싶은 이가 있을 때
눈을 감아도 그리운 이의 얼굴이 기억이 나질 않네요.

귀를 막아도
코를 막아도
눈을 막아도

그리움이 사라지지 않는 공허한 이 맘
사람이 사람을 그리워하는 당연한 마음

그리움이란
본디 이런가 봅니다.

나누는 삶이…

나누는 삶이 행복이고 평화이다.
나누며 사는 삶을 살아보라.
건강해지고 행복해진다.
물질이 있는 사람은
물질을 나누고,
재능이 있는 사람은
재능을 나누고,
건강한 사람은
몸으로 봉사해보라.
세상이 아름다워진다.
나눔이 곧
행복이고 기쁨이다.

섭섭했던 마음이

바쁜 날 전화 온 엄마에게 대충대충 통화를 마무리하고 나면 그 날은 꼭 전화를 다신 못하게 만드는 하루가 됩니다.

그날따라 바쁘고 힘들었는데 엄마의 한 통의 전화
"섭섭했다, 아무리 바빠도 내 말 좀 들어주지."
"섭섭했다, 아무리 바빠도 내가 왜 전화를 했는지."

섭섭한 내 마음이
속상한 마음이
나에게 전해지네요.

섭섭했다, 내 마음이.

내 잘못을 먼저 살펴야겠습니다

남에게 질책을 하며 손가락질을 하다가
그 손을 자세히 살펴보게 되면

손가락 하나는 남을 가리키고
손가락 셋은 나를 가리키고 있습니다.

타인의 잘못 한 가지를 말할 때
나는 세 가지를 잘못하고 있다고

내가 너에게 말해주고 있습니다.
네가 나에게 말해주고 있습니다.

남의 탓을 하기 전
내 잘못을 먼저 살펴보아야겠습니다.

당신으로부터

와우, 아름답습니다.
당신의 눈빛에서 나오는 소리입니다.

와우 무겁다, 가볍다.
당신의 손에서 나오는 짜증입니다.

와우 멀다, 가깝다.
당신의 다리에서 나오는 실증입니다.

이 모든 행동에서의 소리와 짜증 그리고 싫증은
당신에게서 나옵니다.

당신 때문에.

진정한 나의 친구

좋을 때만 함께 하는 친구가 아닌
영광스러울 때만 함께 하는 친구가 아닌

아플 때 아파해 줄 수 있는 친구
웃을 때 함께 기뻐해 줄 수 있는 친구
행복할 때 같이 등 두드리며 웃는 친구

그런 친구
그런 내 친구

진정한 나의 친구

자존감을 키워보아요

나 스스로를 사랑하는 자아존중감
그 속엔 나를 안아주고 나에게 힘을 주는
나로 인해 열정을 보이는 자신감이 있습니다.

매일이 반복되어지는
자존감이 열등감으로 연결되는 순간들
자신감으로 무장한 채
내 안의 자신감을 끌어내려고 합니다.

당신의 자신감을 심어보아요.
당신의 자존감을 키워보아요.

당신의 멘토

당신의 멘토
제가 되어드리겠습니다.

당신의 마음
제가 읽어드리겠습니다.

당신의 얼굴 함께 웃어드리겠습니다.
당신의 멘토가 되어드리고 싶습니다.

당신의 멘토, 여기 이 자리에 있을게요.
당신 힘내요.

웃음치료사 선생님

한쪽이 아파서 절뚝 거리는 오늘의 강사님
머리를 못 감았는지 자꾸만 손으로 긁어대는
오늘의 강사님.

누가 보아도
무엇을 해도
바보같이 보이는 웃음치료사 선생님.

그런 그분이
우리에게
"행복하냐"고 묻습니다.
우리에게 행복은 행복해야지 라고
생각하는 순간 행복해진다고 말합니다.
진짜인지 묻지않았어요.
바보 같은 웃음치료사 선생님에게
진짜 같은 진실함이 보였거든요.

강사밥

포기만 하지 마세요.
주저앉지만 마세요.
안 된다고 말만 하지 마세요.

강사밥, 행복한 반찬과 맛있는 흰 쌀밥 같은 겁니다.
강사밥, 때론 힘겨워 지친 내 모습을 보면 안타깝지만
강사밥, 하면 할수록 멋집니다.
가면 갈수록 높이 올라갑니다.

강사밥,
포기만 하지 마세요.
제발.

나는 울음치료사입니다

웃음치료사들이 세상을 뒤흔들며
많은 이들에게
웃음과 희망을 전달할 때

나는 슬픔을 이기지 못하는 이들을 찾아가
나의 슬픔을 공유하며
당신의 슬픔을 위로해 줍니다.

함께 울고
함께 눈물을 닦아주다 보니
함께가 되어서 미소를 짓는
나는야 나는 울음치료사입니다.

삶의 목적지

누구나 가고자 하는 목적지가 있습니다.
할 수 있는 길이기도 하고,
도전을 하다보면 작은 길들이 보이기도 하고,
도움을 받고 가다보면 에너지가 나오기도 하고,
포기하지 않는 길들의 주인공이 되기도 합니다.

삶의 목표점을 그려서 하나 하나 찾아가는
삶의 목적지의 점들.

수많은 목적지 안에 목표점을 찾기 위해
수많은 사람들이 노력을 하는 순간 순간
나도 할 수 있다는 자신감에
내 삶의 목표점을 점검해 봅니다.

언제나 늘 그랬듯이

먼 길을 쉼 없이 달려도
너랑 함께 있으면 좋아요.

어려운 일들로 버거울 때도
너랑 함께 있으면 난 좋아요.

언제나처럼
너랑 함께 있으면 나는 나는 행복합니다.
너랑 함께 있으면 나는 나는 많이 웃습니다.

나의 단점을

우리는 서로의 단점을 참 잘 찾아요,
나의 단점을 눈멀고 귀먹었어도.

우리의 서로의 단점은 고속도로처럼 환하게 뚫려있어요.
나의 단점을 말하기 전 당신의 단점을 찾아보세요.

종알종알 한참을 찾다보면 보일 겁니다.

나의 단점을 이길 수 있는 방법이
나의 단점을 장점화시킬 수 있는 나의 노력이
당신은 충분히 잘 하리라 믿어요.

비교하는 마음을 버리세요

내가 힘들 때, 우린 주위를 둘러봅니다.
내가 아플 때, 우린 다른 이의 삶을 들여다봅니다.
내가 슬플 때, 우린 나와 같은 입장의 사람을 찾아봅니다.

남과 비교하는 그 마음이 행복하고 기쁠 때는 생기지 않습니다.
그 마음은 힘들고, 아프고 슬플 때 더 간절히 생기기 마련입니다.

남과 비교하는 마음을 버리세요.
비교하는 그 마음은 나를 아프게 합니다.

정은

정은 뜨거운 불난로 같아요.
정을 나누면 마음이 더 따뜻해지니까요.

정은 장작불 같아요.
정을 나누면 마음이 빠르게 친해지니까요.

정 때문에 웃고 우는 우리처럼
정 때문에 행복하고 슬픔이 번갈아 지는 것처럼
정 때문에 또 만나고 싶고 또 보고 싶습니다.

내일이 아닌 오늘을

착하게 살아야죠 내일을 위해서
저축을 하며 살아야죠 내일을 위해서
열심히 공부해야죠 내일을 위해서
최선을 다해서 일해야죠 내일을 위해서

너무도 안타까움의 연속입니다.

내일을 위해서
지금의 나를 잊어야 하니
내일을 위해서
오늘의 나는 없다는 것이

내일이 아닌 오늘을 위해서 행복해야겠습니다.

항상 웃고 있는 당신

항상 웃으며 말하는 당신은 목소리가 아름답습니다.
항상 웃으며 나에게 대해주는 당신은 표정이 멋지십니다.
항상 웃으며 모두에게 힘을 주는 당신은 천사 같습니다.

항상 웃으며 긍정을 말하는 당신이
오늘도 보고 싶습니다.

동그란 내 얼굴

내 얼굴은 정말 기분파
기분이 좋아지면 얼굴이 밝아지고
기분이 나빠지면 얼굴이 어두워지네요.

내 얼굴은 정말 표정파
무엇에 놀라면 얼굴이 하애지고
무엇에 부끄러워지면 얼굴이 빨개져요.

동그란 내 얼굴이 있습니다.
동그란 내 모습이 있습니다.

오늘 참 부끄러워 하네요.
오늘 많이 웃네요.

성공하고 싶다면

성공하고 싶다면
웃는 능력을 키워라.
웃는 얼굴은 당신을 기적의 주인공으로 만들어 줄 것이다.

많이 웃으려면 웃는 사람과 늘 함께 하라.

웃음은
바이러스처럼 강한 전염성을 갖고 주변에 급속도로 전파되기
때문에 웃음 지으면 지을수록 웃을 일이 자주 만들어진다.

성공의 비결은
바로 웃음입니다.
웃으면 복이 옵니다!

아름다운 삶

남을 기쁘게 하는 것이 행복의 비결이며 남을 기쁘게 하는 일은
행복지수를 높이는 방법이다.
모두가 행복해지는 비결이다.

기쁨과 행복은 그 사람이 참된 일을 하는 곳에 있다.

봉사의 삶은 너무나
기쁘고 보람있고
행복합니다.

가장 아름다운 삶은
남에게 도움이 되는
삶입니다.

내 꿈은 멀어져 갔습니다

초등학교를 졸업할 즈음
내 꿈은 우주비행사가 되고 싶었죠.
현실은 저 멀리

중학교를 마치고
나는 선생님이 되고자 맘 먹었어요.
공부에 취미가 없다는 걸 알게 된 날

고등학교 졸업식 날
대학을 가면 모든 것들이 다 이루어 지는 줄 알았죠.
대학은 점수에 의한 선택의 길

그렇게
기본교육을 마치면서
그렇게
내 꿈은 멀어져만 갔어요.
그렇게
현실은 내 꿈을 잃게 만들었어요.

그렇게…

희망열차 타고

파아란
하늘빛의 푸름을 친구 삼아
희망열차 타고

꿈을 찾아
신명나게 달려봅니다.

강의장에서

강의장에서 마이크를 사용하지 않아도
내 목소리는 모든 이에게 잘 들릴 수 있을 만큼 큽니다.

강의장에서 협소함으로 자리가 좁고 사람은 많은데
내 목소리는 모든 사람들에게 울림을 만들어 줍니다.

강의장에서
집 안에서
학교에서
친구들과 함께 있을 때

내 고마운 목소리는 나에게 열정을 불어 넣어 줍니다.
내 고마운 목소리는 언제나처럼 고맙습니다.

최고의 날이라 여기며

욕심내며 모든 걸 다 갖고 싶지만
그것도 욕심이니

오늘 내가 만난 이들과
오늘 내가 도움을 준 이들
오늘 나에게 도움을 준 이들 속에서

최고의 날이라 여기며
행복한 날이라 새기리라

오늘의 끼니

"한끼를 맛나게 드셔야 힘이 나죠."
오늘의 멋진 교육생의 말 한마디는 힘이 되고 약이 됩니다.

"삼시세끼 다 챙겨드셔야 힘이 나죠."
우등생의 우리반 교육생이 저에게 특별한 마음 담아
사랑스럽게 말해줍니다.

아침 먹고, 점심 먹고, 저녁 먹고
어릴 때처럼 끼니 걱정에 아파할 일도 없는데

아련함에
끼니 생각을 하며 눈시울이 적셔집니다.

잘한다 잘해

잘한다 잘해
꿈틀거리던 지렁이도 달리기를 하네.

잘한다 잘해
누렁이가 무서워 도망가던 고양이도 달리기를 하네.

잘한다 잘해
노래를 못하는 음치 아부지도 엄니 앞에서 노래를 하네.

잘한다 잘해, 우리 모두.
잘한다 잘해, 우리 함께.

부지런한 개미는

부지런한 개미는 설탕인지 소금인지 잘 알아냅니다.
흙인지 콘크리트인지 귀신처럼 잘 알아냅니다.

부지런한 개미는, 부지런한 개미는
사람들이 아는 걸 다 압니다.

생명체를 갖고 있는 개미는 우리처럼 살아서
부지런히도 돌아다닙니다.

어제도 부지런한 개미는
오늘도 부지런한 개미는
천천히 찬찬히 걸어갑니다.
앞으로 앞으로.

당신에게 다가가

맛있는 음식에 윤기를 더해주는 참기름
즐거운 내 삶에 웃음과 희망을 주는 당신.

오늘도 당신에게
정성스럽게 다가가고 싶습니다.

당신의 다정함은 나에게 따뜻함이니까요.
당신의 정성스러움은 나에게 아늑함이니까요.

내 어릴 적 꿈은

내 어릴적 꿈은 선생님
내 어릴적 꿈은 말하는 아나운서
내 어릴적 꿈은 신사임당 같은 엄마

꿈길은 내가 만들며 지키는 것입니다.
꿈길은 내가 잃지 않으면 꼭 이룰 수 있는 소망입니다.

내 꿈을 찾아
내 삶을 찾아

오늘도 고생했어

오늘도 고생했어.
수많은 사람들 속 틈바구니에서
힘들어도 힘들다는 말 한마디 못한 채
참 열심히 살아온 너에게 내가 말해줄게.

"고생했어!
 잘했어!
 멋지구나!"

사랑하는 나에게
사랑한다는 말을 꼭 전하며
사랑해서 더 힘을 내주는 너를 기대할게.

삼장,

꼭 웃을 일이 있을 때만
웃을 필요는 없죠

현재진행으로 달려봐

무얼 하든 무슨 일이든
처음은 서툴러 중간에도 버벅대지.
사실은 지금도 헤매기도 해.

우리들의 청춘처럼, 우리들의 인생처럼

그래도 그러니까
더 힘을 내야 해, 더 용기를 내야 해.

내일은 아직 가보지 않았어.
오늘부터 다시 시작해.

마침표만 찍지 마, ing 진행으로 달려봐.

이런 것이 인생이구나

부모는 자식에게
자식은 또 자식에게

하나는 둘로
둘은 셋으로

모두가 이어져 있는 우리네 삶
모두가 하나로 연결되어 있는 우리들의 날들

그렇게 구석구석 하나하나 연결되어 있는 게 인생이구나.
그렇게 속속히 끊어지지 않는 것이 인생이구나.

웃음은 희망

희망은 당신에게서 그리 멀지 않은 곳,
당신의 손이 닿을 수 있는 곳에 있습니다.

모든 것을 포기하고 싶은 극한의 순간,
포기라는 말보다 희망이라는 말을 먼저 떠올려야 합니다.

당신이 희망을 생각할 때,
당신을 향해 손짓하는 새로운 희망을 발견할 수 있을 것입니다.

희망과 웃음은
한 집안에 살지요.

새로운 희망은
당신을 위해 남아 있습니다.
웃음긍정의
희망의 존재를 믿으세요!

꿈과 웃음은 한 집안에 산다

꿈과 비전을 상상하며 웃어라.
꿈과 웃음은 한 집안에 산다.
비전이 이루어졌음을 상상하면서 좋아해 보자.

그러면 마음의 평강이
싹을 피우게 될 것이다.

인간은 생각만큼
바뀔 수 있고,
생각만큼만 성공한다.

지금 잠자는 자는
꿈을 꾸지만
지금 공부하는 자는
꿈을 이룬다.

가슴 뛰는 강사가 되라!

꿈은 짝사랑

꿈을 가지고 사는 것도 짝사랑과 비슷합니다.
우리가 짝사랑을 포기하지 못하는 것은 사랑하는 사람을
볼 때마다 느끼는 기쁨 때문입니다.

꿈을 바라보면 너무 행복하고 기쁘지만
부족한 내 모습을 보면
마음이 아프죠.

하지만, 포기하지만 않는다면 꿈을 향한 짝사랑은 언젠가는
이룰 수 있다는 것입니다.

새로운 짝사랑을 다시
시작해보세요.
절대 후회하지 않을 것입니다.

꿈을 향한 나의 짝사랑은 반드시 이루어집니다!

웃음은 내장의 조깅

얼굴만 웃지 말고 마음과 내장까지 웃어라.

마음이 웃어야 진짜 웃는 것이다.
순수 열정의 마음, 아름다운 정신이 필요하다.

웃음은 내장의 조깅이다.
배가 출렁거리도록 크게 웃어라!

크게~
길게~
박장대소로~
하하하~ 호호호~

엄마와 자식이란 삶

엄마는 자식에게 아픔을 주지 않으려 합니다.
자식은 엄마에게 슬픔을 안겨 주고 싶지 않아합니다.

두 사람
모두
행복과 기쁨을 나누고 싶어하는 하나입니다.

엄마와 자식이란 삶
자식과 엄마라는 관계.
가시가 되어 아프게 만들 수밖에 없는 우리들은
상처에 울부짖습니다.

가시가 되어 슬픔을 나누어야 하는 우리들은
피를 흘립니다.

아픈 가시처럼.
아픈 마음처럼.

강사의 기도

세상의 모든 신님들이시여
욕심쟁이라고 해도 좋습니다.

강의를 할 때마다 걸음걸음 행운과 열정 주시옵고,
강의를 할 때마다 교육생들의 눈들이 떠지게 해주시옵고,
강의를 할 때마다 모두가 참여하여 함께 웃을 수 있는 시간 되게
도와주십시요.

강사의 기도가 꼭 이루어지길 기도하고 또 기도합니다.
강사의 희망이 꼭 이루어지길 바라고 또 바랍니다.

잘 들어보겠습니다

저 산너머에 야호를 외치면 메아리 되어 뒤쪽 산에서도 야호를 외칩니다. 정해지진 않았지만 메아리가 규칙처럼 들립니다.

우리네 인간관계도 마찬가지로 메아리되어 옵니다.
"들어보세요." 할 때는 들어주면 됩니다.
"말씀해보세요." 하면 그때 기회를 잡고 말하면 됩니다.

내가 먼저, 너를 내가 이기려드니
소통이 아닌 불통으로 해결이 되지 않아요.
당신이 먼저 말씀해 주세요.
메아리처럼 울림에 의해
당신의 말을 잘 들어보겠습니다.

꿈은 바로 여기에

많이 웃어서 혼난 적도 있었죠.
"여자가 가볍게 웃음을 짓는다"며

많이 웃어서 행복한 적도 많았죠.
"웃는 여자가 복이 많다"며

내 직업으로 웃음강사가 되고자 했던 건 내 인생에서 가장 현명
한 판단이란 걸. 나는 말해주고 싶습니다. 나는 내 꿈을 이루고
싶습니다.

꿈은 바로 여기에 있다고. 꿈은 바로 내 마음이라고.
희망은 지금이라고.

꿈은
지금 이곳에
있습니다

산처럼 들처럼

강의를 다니다 보면 갑작스런 일들이 일어납니다.

강의장에 교육생이 삼분의 일도 안 채워져 있던 일.
강의장에 막 들어서니 오늘이 아니고 내일로 연기 되었다는 일.
강의장에 주소 찍고 갔더니 신주소로 이사를 간 일.

참으로 많은 일들이 내 맘을 아프게 하지만

저 높은 산처럼
저 푸르른 들판처럼
내 맘이 이해해 주면 좋겠습니다.

산처럼 내 맘이…

초록빛 소나무입니다

강사밥을 먹고
강사들과 소통을 하며
강사가 되고자
강사답게 노력해 왔던 참 많은 시간들 속

강사는 그래야 합니다.
강사는 참아야 합니다.
강사니까 이겨내야 합니다.

아픔을 이겨야 하고
슬픔을 안아야 하는
강사는 아픔을 이긴 뒤 성장의 나무 앞에 선
초록빛의 소나무입니다.

그것이 사랑이다

평생 영원토록 변하지 않을 것 같던
청춘을 뜨거운 만남을 운명이라고 말한다.

사랑의 마음은 변한 게 아니고
사랑의 상태가 바뀌는 것이다.

사랑의 마음은 풍선 같다.
사랑의 마음은 여름날 소낙비 같다.

알다가도 모르고
모르다가도 알겠다.

그것이 사랑이다.

오늘도 웃음으로

어르신이 아파하실 땐 하하하하 웃음을 드리고
친구들이 우울해 슬퍼할 땐 호호호호 웃음을 던집니다.

세상살이
고추보다 맵다고 하네요.

세상살이
웃음으로 이길 수 있어요.

오늘도
웃음으로 복 짓는 멋쟁이 강사
웃음으로 복 받는 센스쟁이 강사

참이슬 한 잔

어제는 힘들다고 쇠주 한 잔
오늘은 즐겁다고 쇠주 한 잔

좋은 이들과 한 잔 두 잔
정답게 나누다 보면

내 기분
내 맘
알아주는 참이슬 한 잔이 고맙네요.

강산이 주는 행복감

산악인은 아니지만 산을 좋아해서 친구들과 산을 찾습니다. 운동을 좋아하지 않아서 움직임을 싫어하지만 한 번씩 아름다운 공기, 높은 하늘과 가까운 산봉우리에서의 열린 마음. 한 번씩 땀을 흘린 채 앞만 보고 올라가면 정상에 올라서 있는 행운의 기쁨들.

아름다운 강산이 주는 감사함과
아름다운 강산이 주는 행복감을
잊지 않겠습니다.

작년에 왔던 각설이

각설이 꼬라지를 하고 무대에 올라
각설이 타령을 한 수 뽑아보니
각설이가 되어보는 각설이 마음이 하나 되어
각설이 타령의 흥이 나.

품바 품바 품바
작년에 왔던 각설이가 또 왔네.

품바 품바 품바
올해는 더 멋진 각설이가 왔네.

각설이 춤으로 강의를 하는 모습이 생소했지만
각설이 춤으로 강의를 하는 사람은 흔치 않네요.

달팽이 걸음처럼

천천히 하나씩 배워가려고 합니다.
욕심내면 낼 수록 쪼여오는 스트레스

달팽이 걸음이 늦어서
개미들은 놀리며 비웃기도 하지요.

천천히 가다 해진다고 나처럼 달리라고
욕심내어 달린 개미는 물에 빠져 허우적 거리지만
웃고, 울고, 슬프고, 행복을 맛보는 달팽이는

달팽이 걸음처럼 웃습니다.
달팽이 걸음처럼 갑니다.

저 둥근 달처럼

보름달처럼 환하게 비추어 주는 불빛이 되고 싶네요.
초승달처럼 기울어가는 힘없는 하늘의 빛이지만
모난돌도 제 역할을 이어 나가야 하기에
또 한 번의 용기를 내어
내 몸을 태워봅니다.

저 둥근 달처럼

오늘도 마음 가득 담아

강의장마다 색깔이 있습니다.
어제의 강의장은 노란색, 오늘의 강의장은 빨간색
내일 가야 하는 강의장은 핑크색.

각양각색 본인들의 색상으로 매일매일
명강사라고 호칭을 지어주시며 저를 기다려 주십니다.

오늘도 우리 모두 한 마음 가득 담아
신명나게, 즐겁게
양손 쭈욱 높이 올려
박수 치며 외치겠습니다.
박수 치며 노래하겠습니다.

나의 사랑, 나의 사랑

아버지는 어머니에 대한 사랑이 높았습니다.
당신을 사랑합니다.
당신은 나의 전부입니다.
당신은 내 몸과 같습니다.

나의 사랑
나의 아버지
나의 사랑
나의 어머니

두 분은 그렇게 멋진 삶을 살아가고 계십니다.

잘 살아온 나에게

올 한 해 잘 살아온 나에게
칭찬합니다.

내년을 위한 설계를 하고 계획을 짜는 나에게
칭찬해 줍니다.

후회하지 않으려 매사에 최선을 다하고
원망하지 않으려 항상 노력하는 자세로

지금 살아 있는 너에게
지금 살아 있으니 성공한 인생이니
힘내라고 말하려 합니다.

나무 한 그루를 심었습니다

나무 한 그루,
내 인생의 행복을 가꾸는 인생의 소중한 나무 한 그루를
정원에 심었습니다.
마음이 평온해지고 가득 차기 시작합니다.
마음이 행복합니다.

힘들면 그만해도 돼

아픈데 아프지 않은 척
슬픈데 슬프지 않은 척
우리 이제 그러지 말아요.

힘들면 말해요.
힘들다고 소리내요.
힘들면 도와달라고 외치세요.

힘들면 그만해도 되는 게 당신입니다.
힘들면 그만해도 되는 게 우리입니다.

웃어서 행복한 그녀 이야기

웃는 얼굴들을 서로가 마주하며

매일 매일이 익살스럽게
오늘도 어제처럼 밝은 미소로 사람들을 웃게 만드는
티비 브라운관 속 개그맨처럼 살아요.
우리 모두 그렇게 살아요.

웃고 또 웃는 얼굴들을 서로가 마주하며
유머를 통해 소통을 하는
멋진 개그맨처럼 살아요.
우리 모두 그렇게 살아요.

세상은 혼자 사는 것이 아닌데

세상 혼자 사는 것도 아닌데
왜 내 맘대로 하려고만 하는지
오십이 되어가는데도
모르고 있네요.

홀로 사는 것들이
우리들의 삶이 아니라는 걸 알면서
세상 반이나 살아왔는데
모르고 있네요.

분명 독재자는 아닌데요.

홍시와 단감 사이

가을이면 딱딱한 단감을 사들고 옵니다.
그 사람이 장을 지나다가 홍시를 한 봉지 사들고 옵니다.
그 사람을 생각하며.

함께 살아온 날들 덕에 우리는 서로를 조금은 안다는 듯
그 사람은 나에게 단감을 드리우고, 그 사람을 생각하는 나는 홍
시를 내밉니다.

홍시와 단감 사이
그 사람과 내 사이처럼.

엄마의 유머 한 방

웃는 강사님의 가족은 모두 즐겁겠어요.
웃는 강사님의 남편은 행복하겠어요.
웃는 강사님의 아이들은 세상 즐겁겠어요.

웃는 나의 아이와 남편
웃는 나의 얼굴과 표정
웃는 나의 이름

웃음으로 나의 가족애를 다져봅니다.

봄비와 함께 보낼게요

피곤한 몸을 이끌고 강의장으로 향하던 길
전철 창 밖 사이로 봄비가 내리네요.

나처럼 피곤한 일주일을 보낼 동기에게
사랑의 메시지를 봄비와 함께 보냈어요.

답장이 왔어요.

좋은 일만 찾다 보면
당신처럼 좋은 사람만 있네요.
좋은 일만 찾다 보면
오늘이 세상 제일 행복한 날 되겠네요.

지금 이대로

지금 당신이 제일 아름답습니다.
지금 당신이 세상 멋집니다.
지금 당신의 미소가 백만불짜리입니다.
지금 당신의 인사가 제일 좋습니다.

지금 이대로,
지금 이대로,
행복하세요.

복이 많다고 하네요

나더러 복이 많다고 하네요.
나에게 부모 복도 많이 타고 태어났대요.
자식 복도 많으니 아무 걱정 하지 말라네요.
흥얼흥얼 좋은 소리 듣고 나니 기분이 좋네요.
다 잘 될 것 같네요.
다 잘 되어질 것 같네요.

습관이 된 날들

몸에 익숙해지기 쉬운 수많은 우리들의 날들.
어제와 같은 내 행동 내 마음 변하지 않네요.
당연시 되어버린 내 하루의 긴 습관처럼.

가난한 집의 아이

가난한 집의 아이.
가난해서 자립심을 일찍 기르게 된 아이.
가난하니 하고 싶은 것들에 대한 숨김이 많았던 아이.
가난이 주는 아픔을 달고 다녔던 아이.

가난은 그렇게 나에게 가슴 시리게 했던 날입니다.

어른이 되어 가난을 되짚어 보니 가난이 나에게 아픔만 주었던
건 아닙니다. 가난이 주는 성실함은 가난을 이기기 위한 최선의
선택이었습니다.

가난이 주는 성실함에 성장하게 되었습니다.
그 성실함에 감사합니다.

연결해주는 다리

이쪽과 저쪽을 연결해주는 다리.
사람과 사람을 인연으로 만들어주는 관계.
삶도 사물도 혼자선 아무것도 이룰 수 없음을 알려주네요.

휴식 같은 친구

휴식 같은 친구
편안하게 내 얘기를 들어주는 친구
아픈 내 마음을 쓰다듬어 주는 친구
언제나 넌 나에게 휴식 같은 친구다.

빨간 신호등엔 멈추세요

빨간 신호등

멈추세요, 가면 안 됩니다. 우리는 분명 신호등의 의미를 잘 알
고 있지만 무시해버릴 때가 있어요. 무시하다 보면 사고가 나는
데도요.

사랑은 내가 먼저

받고자 하는 마음을 보이면 주고자 하는 사람의 마음을 볼 수가
없어요. 주고자 하는 마음을 먼저 보이면 받고자 하는 사람이 웃
으며 나에게 먼저 다가와요.

사랑은 내가 먼저 주고, 사랑은 내가 먼저 받고.

나 답게 살아봐요 우리

그림 퍼즐은 다 맞추어질 때 한 장의 완성된 작품이라고 말하죠. 하나의 퍼즐의 빈 여백은 미완성으로 아쉬움이 남는 법.

인간의 삶은 반복되는 연속의 날들 하루하루가 모여 인생의 주연 드라마 같죠. 한 번의 실패는 큰 고난과 역경으로 오랫동안의 아픔을 주지만, 두 번의 기회는 삶의 희망과 행복을 줄 수 있는 나만의 일일드라마가 되어줍니다.

나답게
나스럽게
자랑스럽게 살아요, 우리.

어쩌면 오늘이
내 삶의 마지막 날일지라도

병실에서 마지막 숨을 거두는 이는
오늘의 하루가 간절했을 겁니다.

회사에서 스트레스를 받으며 화내고 있는 이는
오늘이 참 버겁고 힘들 겁니다.

죽어가는 이의 하루는 천 년이 되기에
살아있는 나는 오늘이 내 삶의 마지막이라 생각하며

더 열심히 먹고
더 열심히 뛰며
더 열심히 웃어요.

만남의 소중함은 늘 존재한다

기억 저편에 아른거리는 강사님을 같은 강의 장소에서 만났어요.
이름만 알고 있었는데 강사님의 얼굴을 대하게 되었어요.

많이 반가워 악수를 제가 먼저 청했습니다.
만남은 늘 누구에게나 소중함을 다시금 느끼게 됩니다.
만남은 삶 구석구석에서 쉴 새 없이 이루어집니다.

좋은 만남, 좋은 시간, 좋은 인연.
만남의 소중함은 늘 존재해요.
시간의 소중함과 함께 오지요.

글을 통해 위로 받는 것도
좋은 방법입니다

화가 나면 나에게 글을 써 보세요.
말을 통해 수다를 하며 나를 찾아가기도 하지만 글을 쓰면 솔직
하고 정직한 나를 정면에서 만나게 됩니다.

글쟁이들만 글을 쓰는 게 아니더라구요.
글쟁이가 되고 싶은 저도 글을 써요.

글을 쓰다 보면 혼잣말로 웃기도 하고 내가 나에게 희망의 메시
지를 전하고 있어요.

글을 쓰며 나를 위로해 보세요.

나를 변화시키는 에너지

부정을 밥 먹듯 투덜거리는 사람과 두 시간만 함께 있어도 부정
은 이미 내 마음과 뇌를 점령하고 마네요.

긍정을 표현하고 행동으로 임하는 사람과 십 분만 함께 있어도
긍정은 내 모든 것들을 변화시켜 주네요.

"할 수 있어."
"해 봐."
"잘 할 거야."
"나라서."
"너라서."

긍정은 나를 변화시키는 강한 에너지입니다.

사 장,

웃음
행복으로의 산책

나를 후회하지 마세요

사람이라면 누구나 실수를 하며 살아갑니다.
사람이니까 완벽하기 힘든 일입니다.

절대 어제의 나를 후회하지 마세요.
절대 오늘의 나를 후회스럽게 하지 마세요.
다가오지 않은 내일을 후회하며 시간을 보내지 마세요.

절대로.

소금의 맛

삶이 즐겁지 않고 지칠 때
이끌어주는 양념의 맛이 필요합니다.

내 삶과 마음, 정신의 힘이 되고 맛이 되는 소금처럼
진심을 담아 행복한 맛을 내어 만들 수 있는
소금의 맛이 되겠습니다.

생각이 늙지 않았다는 것

아직은 천진함이 남아 있다는 것입니다.
아직은 내 청춘의 꿈이 남아 있다는 것입니다.
아직은 어른스럽지 않아도 된다는 것입니다.
아직은 누군가의 도움을 받고 싶다는 것입니다.
아직은 빛나는 내일을 만들고 싶다는 것입니다.

생각이 늙지 않았다는 건
생각이 나를 건강하게 만들어 준다는 것입니다.
생각이 늙지 않았다는 건
생각이 나를 청춘답게 살아가게 만든다는 것입니다.

기억을 떠올려봅니다

뽀송뽀송한 솜이불 위에서
아이들과 뛰어놀던 어릴 적 기억이 살포시 떠오릅니다.

솜사탕처럼 부드럽고 달달한
내 오늘처럼
내 삶의
수없이 많은 추억들이 지나갑니다.

내 달달하고 부드러운 솜사탕 같은 날들이…

그런 사람과
함께 하고 싶지 않네요

자기만 좋으면 된다는 사람
나만 아니면 된다는 사람
우리가 아닌 나를 먼저 강조하는 사람

그런 사람
함께 하고 싶지 않네요.

그런 사람을
배려심 제로라고 하지요.

더 당당하게

수많은 사람들 앞에서도
당신은 당당한 연사가 될 줄 알았어요.

그 많은 사람들의 부러움 속에서
당신은 자신감이 뿜어 나올 줄 알았죠.

당당하게 더 당당하게

아무도 모르는 노력과 열정
참 많은 시간들의 노력과 에너지
그 무엇과 비교할 수 없을 만큼의 인내했던 시간들…

pink lipstic

핑크빛 립스틱

오늘은 복지관 수업이 있는 날.
어르신들이 김 강사를 기다리는 날입니다.

핑크색 립스틱을 이쁘게 이쁘게 바르고
강의장으로 향합니다.

신명 나고 즐겁게 강의해야 하는 날.
핑크빛 립스틱 짙게 발라봅니다.

당신 옆에 서겠습니다

항상 나는 당신의 행복을 응원하는
당신 곁에 먼저 서겠습니다.

어디에서든 나는 당신의 마음을 알아주는
그런 당신 편이 되려고 해요.

옆에 서서 힘을 주는
당신의 사랑둥이가 되겠습니다.

다름은 다양성의 시작인데

어디를 가든
어디서든
참 많은 사람을 만나는 직업이라네.

누구를 보든
누구에게든
참 많은 이들과 좋은 관계를 이어가야지.

다름과 차이는 존중되는데
그것들을 만드는 다양성은 무시되고 있구나.
다름과 차이는 다양성의 시작인데…

네가 행복하길 바란다

숫자가 올라가면 갈수록 우리가 어른이 되어가는 건데
그 무게만큼 하나둘 친구들이 떠나가기 시작하네요.

한세상 참 열심히 살아온 내 친구야.
왜 그리 앞서려고 했니.
앞서가니 좋으니.

내 친구야 아프지 말고 예쁘게 잘 지내고 있으렴.
그곳에선 아프지 말고 더 행복하길 바란다.

느림 속 여유의 시간

비둘기호를 타면 무궁화호가 빠르게 달렸던 시절의
한 세대의 경험이 있습니다.

무궁화호가 가장 느리게 되어버린 케이티엑스의 빠름은
요즘 세대들의 경험입니다.

무궁화호를 타면 창밖 풍경의 하나하나가 한눈에 접히는데 케이
티엑스를 타면 역이름까지 못 보고 지나치게 되는 빠름 속 때론,
빠르게 달리는 기차보다 느리게 달리는 추억 속 비둘기호가 그리
운 날입니다.

느림에서 보는 세상 밖 풍요
빠름에서 놓치는 여유의 시간이 아쉽습니다.

말하지 않으면 오해가 깊어갑니다

말하지 않으면 모르는 법입니다.
표현하지 않으면 오해만 깊어가는 법이죠.

칭찬도 아끼면 똥덩어리가 되거늘 왜 당신은 그리도 많이 아끼시
나요? 그리 많이 아끼다 보면 똥덩어리만 됩니다.

표현하세요.

무슨 일이길래 그래

...

감사

스스로 불행하다고 생각하는가?
그럴수록 감사하라.
그러면 행복해진다.

질병으로 고통 당하고 있는가?
감사를 시작해 보라.
놀랍게 몸이 좋아질 것이다.
감사는 질병을 치료하는 원동력이기 때문이다.

감사는 행복의 원천이며
감사는 하나님의 뜻이다.

웃음은 건강

사람에게 가장 중요한 것은 물질도 아니고, 명예도 아니며 권력
도 아니라 바로 건강이다.

건강할 때 건강을 잘
관리해야 합니다.

건강 없는 행복은 있을 수 없으며 건강이 바로 행복입니다.

웃음은 긍정이고
웃음은 건강의 상징이고
웃음은 행복의 표현입니다.

웃음의 위력

당신이 두려움 때문에 무언가를 포기한다면 당신은 그로인해
후회와 고통에 시달릴 것입니다.

두려움이 낳은 것은 온통 부정적인 것뿐입니다.

당신이 지금 두려움속에 갇혀 있다면 무언가를 판단하기보다
두려움에서 벗어나는 일에 조금 더 집중하세요.

두려움에서 온전히 벗어난 후에라야 올바른 판단을 내릴 수
있을 것입니다.

바로 웃음은 긍정이고
두려움을 떨쳐버리는 해우소입니다.

나는 언제나 웃음으로 두려움에서 벗어나 올바른 결정을 내릴
것이다!

웃다보면

하루에 세 번 이상,
한 번에 15초 이상 웃어라!

억지로라도 웃어라.
뇌는 억지 웃음과
진짜 웃음을 구분하지 못한다.

웃으면 뇌에서 엔돌핀 생성이 촉진되어 기분이 좋아지고
건강에 좋다.

웃음은 스트레스와 긴장에 대한 최고의 해소책이자 스트레스
자체의 발생을 막아주는 예방주사이다.

웃다보면 행복해집니다.

솜이불

엄마가 해주신 따뜻한 솜이불
시집갈 때 사랑받으며 살라고
우리 엄마는 노래를 부르며 솜 이불을 지어주셨네.

우리 엄마 사랑, 우리 엄마 마음

울 엄마처럼 따뜻한 솜이불이
보고 싶은 울 엄마 같다.

포기하지 않습니다

내가 해 봐야 합니다.
그것을 포기하지 않고 도전하는 것이
나의 자존감입니다.

세상을 비추는 빛

떠오르는 태양이 부르는 희망
동쪽 하늘 빛나는 하루
뜨거운 열정 담아 희망의 빛처럼 인내의 빛처럼
세상 구석구석 비추어 줍니다.

산책길

산책길 한 걸음 한 걸음 하나씩 하나씩
나를 내려놓아가며 오늘 하루 내 친구가 되어주려는
푸른 하늘과 초록빛 산들이 고맙네요.

가벼운 산책길 몸과 마음의 힐링의 소리
고마운 자연, 감사한 오늘 행복합니다.

청둥오리 떼

청둥오리 떼들처럼
우리는 리더의 말을 따르며
내가 가는 이 길이 정답이라고
믿음을 가지려 애씁니다.

저 호숫가의 청둥오리 떼처럼
앞만 보고 달리기도 하고
뒤를 돌아볼 시간과 여유도 없이

그저 보이지 않는 물 아래
발길질을 쉼 없이 하고 있죠.
우리가 가는 이 길이
진짜 내가 가고 싶어 하는 길인지
진짜 내가 하고 싶어 하는 일인지
채 알기도 전에 그저 앞만 보고 따라갑니다.
청둥오리 떼처럼.

상대를 향한 배려

가끔 누군가에게 당신이 먼저 하세요.

당신이 원하는 게 무엇입니까?
당신의 의견을 들어드릴게요.
당신이 하고 싶은 말을 해보세요.

우리가 이야기하는 배려는 상대를 향한 배려다.

그런데 그게 진짜 배려일까?
정말 내가 원하는 것일까?
내가 없는 타인의 배려는 나를 아프게 하는 것이다.

담백하게 산다는 것

담백하게 산다는 건
마음은 욕심이 없고 마음이 깨끗해지는 것
빛깔은 너무 진하지 않고 산뜻해지는 것
행동은 과하지 않고 편안하게 하는 것

담백하게 산다는 건 내가 먼저 변해야 되는 것

자유로운 영혼자

자유로운 내 영혼은 남 눈치보지 않고
내 맘 가는 대로 살아간다.

나는 자유로운 영혼자.
삶의 후회는 어리석고 바보스럽기에
내 맘 가는 대로 내 삶을 가꾸는
나는 자유로운 영혼자이다.

최선을 다하겠습니다

무슨 일이든 최선을 다하면 되는 줄 알았습니다.
나에겐 남다른 노력과 인내심이 있었으니까요.

하다 보면 최고가 되어가는 줄 알았습니다.
누구보다 더 열심히 하는 습관이 몸에 배어있으니까요.

새로운 도전 앞에서도 목적 앞에서도
최선을 다한 최고가 되겠습니다.

"있는 그대로의 나를 봐줘서 고마워."

진짜 행복해지려면

행복해지려면 내려놓은 것들이 많아지면 된다.
내 생각보다 타인의 의견에 귀 기울이고
내게 있는 이 순간들에 그대로의 나를 보여주면 된다.
진짜 행복해지려면.

진정한 행복

현실에 나를 사랑할 때
진정으로 내가 행복해지는 겁니다.

삶 속의 소통의 자유

사랑한다고 말했어요.
좋아한다고 고백했어요.

표현의 자유는 그렇게
내 감정에게 솔직해야 해요.

미울 때 미워진다고 말하고
실망할 때 그러했다고 대화하고 싶어요.

표현의 자유는 이렇게
나와 너의 삶 속에서 소통이 되어야 해요.

말을 잘하는 것

행복해지는 것도 연습이요, 기뻐하는 마음도 연습입니다.

말 잘하는 사람은 타고 나서, 원래 끼가 많아서
우리하고 다른 탁월함이야 말하는데

말 잘하는 것도 연습입니다.
말 잘하는 사람도 매일이 고민이고,
말 잘하는 강사도 매일이 연습입니다.

나를 만드는 유일한 방법
나를 연습하는 것입니다.

내 짝꿍이 되어

등이 가려워 당신에게 등을 들이대면
내 등을 위해 당신의 손은 부지런해지죠.

내 마음이 아파
당신에게 울적이면

내 짝꿍
내 반쪽

당신은 언제나 그 자리 그곳에서 날 안아주곤 하죠.
언제나 내 짝꿍이 되어 날 사랑해 주죠.

아픔이 있었기에
성숙해질 수 있었습니다

웃음이 많은 강사라도
웃음을 전하는 강사라도
웃음을 사랑하는 강사라도
아플 때가 있습니다.

슬픔을 말하고 싶고
아픔을 위로 받고 싶고
괴로움을 함께 나누고 싶은
외로움을 느끼는 순간들이 있습니다.

하나의 아픔을 이기고
두 번의 슬픔을 기쁨으로 전환할 때
성숙해지는 내 모습을 만납니다.

성숙해지는 건 아픔이 있었던
경험의 시간들이 아닌가요.
성숙해지는 건 이길 수 있는
내가 성장해 가기 때문이 아닌가요.

마음의 선물

교육생 한 분이 저에게 힘든 걸음으로 다가와 줍니다.
어르신에게 도움을 드려야겠다는 생각에
활짝 웃는 모습으로 여쭤봅니다.
"무얼, 도와드릴까요?"

수줍고 부끄러운 얼굴로 다가오셔선
호주머니를 한참 뒤적뒤적 거리시더니
이쁘게 포장된 사탕 하나를 건네주십니다.

"이쁘고 착한 우리 강사님 더 이뻐지고 더 착해지세요.
내 마음의 선물입니다."

마음의 선물에 감동받는 날입니다.

오늘은 아주 많이 피곤합니다

24시간을 42시간처럼 쓰고 있는 현대인들 오늘도 어제처럼 똑같은 날들의 연속이지만 어제보다 더 나은 오늘이 되기 위해 반복의 키를 돌립니다. 많은 사람들과의 소통의 장 많은 이들의 힐링의 시간을 책임지는 리더의 힘.

오늘은
아주 많이 피곤합니다.
아주 많이 웃었거든요.

오늘은
아주 많이 피곤해서 잠이 옵니다.
아주 많은 분들에게 희망을 전했거든요.

추운 겨울에 내리는 비

촉촉이 옷깃을 적시는 빗방울
추운 겨울이라도 따뜻하게 느껴지는 건
내가 겨울을 좋아하기 때문이겠죠.

바람이 불지 않아
빗속을 걸어도 춥게 느껴지지 않는 건
내 마음이 따뜻해서이겠죠.

겨울비는 추운 겨울을 이기니 모두에게 힘내라고
잘 버티면 따뜻한 봄이 널 기다린다고 말해주는
응원쟁이 같아요.

겨울비는 추운 겨울이지만
마음은, 몸은, 사람 관계는
따뜻한 겨울을 보내라는 신호음 같아요.

나는 사랑하련다

자신을 치유하는 캠프를 다녀왔지요.
자신의 체면을 이용하기도 하고
자신의 삶을 어떻게 만들지 대화도 했지요.

시간이 지난 뒤
한참을 너무도 열심히 살아오는 나에게
한 통의 편지가 날아왔습니다.

사랑을 담은 손편지
내가 나에게 보낸 편지
사랑한다.
멋지다.
좋아한다.

세상 유일무이
너 하나밖에 없는
나는 널 사랑하련다.

그러니 힘내라.
그러니 잘 살자.

눈가에 눈물이 고이네요.
정신도 몸도 건강한 나를 만나니.

누구에게나
아픔은 있는걸요.

눈물

누구에게나 있는 것

한참을 웃고 떠들던 그즈음 누군가가 말을 털어 놓습니다. 왜 우리는 열등감을 이기지 못한 채 과거 속 어린 나와 매일 싸울까요.

누구에게나 상처는 있어요. 또 누구에게나 아픔은 있죠.

고로 누구에게나 잊지 못할 아픔도 누구에게나 행복했던 기쁨도 존재하기 마련이죠.

존재를 인정해버리면 쓸모 없는 열등감을 이길 수 있어요.

혼자가 아닌 함께 나눌 때

즐겁고 행복할 때만 찾는 이가 아니고
슬프고 힘들 때 함께 하는 이가 되고 싶습니다.

사람들이 말하는 좋은 일보단
사람들이 말하는 힘든 일을 함께 하고 싶습니다.

우리는 혼자가 아닌 함께 나눌 때
혼자가 느끼는 아픔보다 함께 느끼는 아픔의 크기가 작다는 걸
우리는 잘 알고 있습니다.

우리 함께 해요.
우리 함께 나눠요.

갱년기

우쩍해 보이는 거울 속 나는
갱년기가 찾아왔나 봅니다.

사춘기를 보내고 결혼기를 보내면서 남은 건
혼자 아파하며 이겨야 하는 갱년기.

몸속 호르몬이 빠져나가도
몸 전체 발란스가 맞지 않아도

내가 나를 이기는 힘은
내가 나를 좋아하면 되는 걸.
내가 좋으면 다 이길 수 있는 걸.
내가 좋으면 다 좋은 거인 걸.

팥 칼국수

남도의 맛자랑하면
서러운 게 없는 순천에 왔어요.
강의를 하기 위해 새벽부터 기차를 타고
무거운 짐을 들어가면서
힘찬 강의를 위한
내 마음과 열정은
그 무엇과도 비교가 되지 않았습니다.

강의를 마치고
허기진 배를 채우기 위해
남도의 자랑거리 팥칼국수를 먹으러 왔습니다.

달달한 설탕 한 수저 넣고
맛난 젓갈 냄새 가득한 김치를 한 입에 넣어

오늘의 수고를 응원하는 맛처럼
즐겁게 신나게 행복하게 먹습니다.

고향의 맛 팥 칼국수 한 그릇을.

주인공의 삶

주인공처럼 살아라.
비록 조연출의 내 하루로 채워진 날들이지만

주인공처럼 행동해라.
나는 내 삶의 어느 하나 가벼이 여긴 적 없었다.

주인공처럼 임하라.
언제나 나는 내 인생의 주연배우
나는 내 하루의 멋쟁이.

부끄러워하지 말고 살아라, 부끄럼조차도 내 몫이니
부끄러워하지 말고 살아라, 넌 충분하니까!

강사는 노력하는 사람입니다

강사가 되기 위해 처음 교육받던 날.
강사도 사람입니다. 강사도 다른 이와 똑같습니다.

그러나 사람들은 강연을 하는 사람은 원래부터 잘하는 줄 압니다. 사람들은 강사라면 다 잘해야 한다고 말합니다.

아닙니다. 강사도 실수를 하고, 강사도 아플 때 있고, 강사도 잘못 할 수도 있습니다.

그래서 강사는 다 잘해야 한다고 말하지 않습니다.
강사는 노력하는 사람입니다. 강사는 열정이 있는 사람입니다.
강사는 최선을 다하는 사람입니다.

오 장,

나를 웃음 짓게 하는 것들

관계 속에서
어른이 되어갑니다

한 번도 누구에게 피해를 주려고 살아오지 않았지만
나만 모르는 상처를 누군가는 나에게 받았을 것이라는
생각이 드네요.

사람은 본디가 혼자 살 수 없어 누군가와 관계를 짓고
살아가는 법. 사람들 속에서 원만한 관계로 살아간다는 게
그리 쉽지만은 않은 듯합니다.

모난 돌멩이가 되지 않으려 우리는
오늘도 어제도 관계 속에서 고군분투
관계 속에서 어른이 되어갑니다.

저 밤하늘의 빛나는 별처럼

북두칠성이 하늘 가득찬 날
저 밤하늘의 빛나는
별처럼

내 삶의
행운이 가득 깃들길 기도해봅니다.

내 인생의
행복이 언제나 함께 하길 기도합니다.

말그릇을 채우세요

사람마다 성향과 성품이 있습니다. 인격이라고 말하죠.
사람마다 갖고 있는 다름과 차이 속에
인성이 보여지는 거죠.

말을 할 때 그 사람을 읽을 수 있습니다.
말을 들을 때 그 사람의 태도를 볼 수 있습니다.
말그릇이 채워진 당신과
말그릇이 비워있는 당신의 차이를 아세요.

말 그대로
말그릇이 단단한 사람은 인정을 받지만
말그릇이 흐려터지면 누구에게도 존중받지 못합니다.
당신의 말그릇 잘 키우고 계시죠.

자유롭게 날고 싶습니다

우리집 작은 선풍기에서 나오는 시원한 바람이
답답한 내 가슴 깊이까지 불어옵니다.

높은 산을 올랐을 때
산으로 들로 날아다니는 공기와 바람은
나를 가볍게 이끌어 주었어요.

선풍기 바람 타고
저 멀리 훨훨 날고 싶을 때 참 행복했습니다.

산 꼭대기 정상에서 날아오는 바람 타고
하늘 위 높은 구름처럼 자유롭게 날고 싶습니다.

명품 강사가 되고 싶습니다

남들이 다 들고 다니는
명품 가방 하나 없어
허탈해 하는 나는

비교하지 않는 삶을
명품 가방 하나에
무너져 버리네요.

명품 강사님이 되기 위해서
명품 교육을 위한 끊임없는 노력을 했는데
명품스럽지 못한 내 마음에게 실망을 합니다.
명품 가방 필요하지 않아요.
명품 강사 꼭 되고 싶네요.

나는 그렇게
향기 나는 사람이고 싶다

꽃에서 나는 향기를 꽃 향기
사람의 마음에서 나는 향기를 맘 향기
멋진 향수를 뿌리면 풍요롭게 나는 향기

나는 그렇게
멋진 향기 나는 사람이고 싶다.

나는 그렇게
아름다운 향을 뽑내주는 사람이고 싶다.

나는 그렇게
언제나처럼 향기 나는 사람이고 싶다.

기억 속 청춘의 날들

내 기억 속
당신은 여행을 떠나는 기차 안에서
아주 많이 설레고 있었습니다.

내 아련함은
당신의 행복해 하며 좋아하는 여행길에
더 많이 좋아하는 내가 있습니다.

우리 잊지 말고 기억해요.
멋진 우리들의 청춘의 날들을
영원히!

꼭 만나야만 하는 인연

새로운 사람을 만나는 건
수많은 별들 중, 수많은 인연 중
당신과 내가 만나야 하는 빛나는 별처럼
당신과 내가 만나서 행복한 지금에 나처럼

어쩌면
필연 같은 인연인지 모르겠습니다.

어쩌면
인연을 저버리지 못하는 만남인지 모르겠습니다.

꼭 만나야만 하는
인연처럼…

당신은 그럴 때 더욱

사랑해요, 좋아요, 감사합니다, 고맙습니다
덕분입니다, 최고세요, 엄지엄지척, 행복해요.
수많은 행복 단어 앞에서
부정을 미리 알리는 표정은 나를 멈추게 합니다.

한없는 감사하는 마음을 두고
부정적으로 말하려는 당신의 눈빛을 보며 주춤해집니다.

오늘부터, 지금부터
행복해지기 위해 행복한 말들을 시작해 보세요.

당신은 그럴 때 더 멋지더라구요.
당신은 그럴수록 더 아름답더라구요.

내 곁을 지켜주는 내 친구야

내 친구야.
너는 내 곁을 지켜주는 보약 같은 친구야.

힘없을 때 손잡아 주며
슬플 때 위로해 주며

언제나 그 자리 그곳에서
언제나처럼

나에게 보약 같은 힘이 되어준 내 친구야.
나에게 행복을 전해주는 내 친구야.

고마워!

희망을 싣고 싶습니다

넓은 여백의 종이 위에 꿈을 그리고 싶습니다.
하이얀 종이 위에 희망을 싣고 싶습니다.

무엇이든 그리고 실을 수 있는 꿈이라고 말하고 싶은
희망의 하이얀 종이

무엇이든 다 얻을 수 있을 것 같은 열정을 말하고 싶은
무한한 공간의 하이얀 종이

나는 오늘도 고민하며 펜을 들어 속삭입니다.

하이얀 종이
너는 내 꿈이야.

우리의 인생길

오르막은 항상 힘들어서
헉헉거리기 바쁩니다.

내리막은 항상 쉽다 생각해서
룰루랄라 힘차게 내려갑니다.

오르막은 힘들었지만 안전하고
내리막은 쉽고 편안하지만 무섭습니다.

몸이 쏠리게 되는 내리막
몸이 버거운 오르막

우리 인생길 같습니다.
오늘은 오르막
내일은 내리막

영원한 오르막도 없다.
영원한 내리막도 없다.

힘내요 우리
힘내요 당신

인생의 주인공은 나!

인생의 주인공은 언제나 자기 자신입니다.
누구나 자신만의 영화를 찍고 있는 셈이죠.

다만 엔딩만이 아직 정해져 있지 않을 뿐입니다.
당신이 어떤 선택을 하느냐에 따라 영화의 많은 부분이 달라집니다.

영화의 중후반부를 결정지을 수 있는 선택권이 자신에게 있죠.

당신은 어떤 영화를 찍고 싶은가요?
해피엔딩 영화의 꿈은 이루어지고 주인공도 행복해집니다.

인생의 주인공은 바로 자기 자신입니다!

인상은 삶의 성적표

꿈이 있는 사람과
없는 사람은
얼굴빛부터 다르다.

꿈이 있는 사람의 얼굴에는 웃음이 가득하다.

삶에 만족하고 어떠한 상황이든 긍정적으로 보기 때문이다.

웃음은 긍정이고
웃음은 건강이고
웃음은 희망이고
웃음은 행복입니다!

내가 웃으니

내가 웃으니
　　세상이 웃고,

내가 웃으니
　　직장이 웃고,

내가 웃으니
　　가정이 웃고,

내가 웃으니
내 마음도 따라 웃는다.

내가 웃으니
사랑도 건강도 행복도
성공도 따라 웃는다!

웃음은 명약

웃음은 질병을 치료하는 최고의 명약이며 질병을 이기게 하는
최고의 무기이다.

행복해서 웃는 것이 아니라 웃으면 행복해진다.

건강하기 때문에 웃는 것이 아니라 웃다보면 건강해진다.

즐거워서 웃는 게 아니라
웃다보면 즐거워진다.

복 받았기 때문에 웃는 것이 아니라 웃으면 복이 온다.

행복해지기를 원하면
언제나
밝게 웃으세요~♡

내일은 괜찮을 거야

왜그랬지
어제를 후회하는 너에게

그러지 말아야지
오늘을 계획하는 너에게

말해줄게
들어줄게

괜찮은 거라고
괜찮을 거라고

내일은

인생에 정답은 없으니

수학공식처럼 답이 있는 것들과 다른 매일이 미지의 세계처럼
흥미진진한 우리들의 삶 속은 정답이 없어요.

뭐 대단하고 영웅적인 삶을 살고자 애쓰지 말고,
뭐 엄청난 사명감이나 책임감으로 무거운 삶으로 만들지 말고,

긴장하지 않고
가볍게 즐겁게
애쓰지 않으며 살아가는 정답 없는 인생을 즐겨요.

인생에 정답은 없으니까요.

첫 시작의 그 힘처럼

대한민국 강사는 한 달에 몇천 명이
전국에서 발굴되어지고 있습니다.
웃음과 레크 그리고 실버강사는 특히 다른 직종보다
더 많은 분들이 배출되고 단단해지기 쉬운 종목이기도 합니다.

일 년이면 불어나는 강사 수만큼 경쟁도 만만치 않겠죠.

그 속에서 일어나야 합니다.
그 속에서 내 이름을 기억하게 해야 합니다.

내 안의 초석 같은 힘.
내 안의 처음 시작하던 그 힘처럼.

나의 천재소녀

친구는 항상 똑똑해서 천재소녀라는 칭찬을 들었습니다.
친구 옆에 나는 부럽기도 하고 아프기도 하는 동시 교감되는
감정 앞에서 웃지도 울지도 못한 채 세월이 흘러 나이를 먹고
어른이 되었습니다.

친구 옆에 누가 있는가?
친구는 여전히 부러움의 멋진 삶의 주인공인가?

너무도 궁금해 찾아본 친구
너무도 평범해 찾지 않고 있었던 친구
천재소녀는 누구의 부러움도 누구의 칭찬도 받지 못한 채
외롭게, 아프게, 힘겹게

천재소녀는 어릴 적 사랑을 그리워하며 아픈 몸으로 삶을
이어가고 있습니다.

"나에겐 여전히 멋진 천재소녀 친구야.
 너에게 힘내라고 너는 아직도 멋지다고 말하고 싶다."

—My dear friend—

청춘이었던 모든 시간들

십 대, 아무것도 모르고 시키는 공부만 하고,
이십 대, 인생을 노래하며 열심히 모든 일을 해야 하는데
삼십 대, "이젠 어른이 되었구나 잘했어."라고 인정해주고
사십 대, 해놓은 게 없어서 후회가 시작 되어지고
오십 대, "지금 내 삶은 초라하구나." 원망이 들어갑니다.

나에게 청춘이었던 시간들로 가고 싶다.
나에게 시작할 수 있는 기회로 가고 싶다.

다시 가면
다시 나에게 돌아오는 청춘이라면
다를까요? 똑같아요.
아니 더 못 할 수 있어요.
청춘이었던 시간은 지금입니다.

오뚜기처럼 다시 일어나

넘어져도 다시 일어서는 용기.
달려가다 넘어질 수도 있지만 두려워하지 않는 힘.

타인의 눈치를 보면서 아파하지 않는 용기.
혼자 달려도 씩씩하게 겁내지 않으며 살아가는 힘.

마침
오뚜기처럼 용기를 내고 있구나.
오뚜기처럼 희망을 간직하며.

다시 일어나고
또 다시 일어나고 있구나.

어른이 되는 과정

서로에게 아픈 말로 상처를 주기 시작하면
서로에 마음이 서로를 향해 미움으로 돌아서죠.

나를 다스리기 위해 네게 편안하게 말을 할 수 있는 사람

아픔은 그리 나쁘지만은 않아요.
아픔이 지난 뒤 생각하는 시간이 생기고
마음이 나에게 전하는 느낌을 받고

결국
아픈 만큼 성숙해지게 되죠.
아픈 만큼 어른이 되어가는 우리가 되죠.

희망의 노래를 부르는 너

선배님들의 말처럼
해보지 않고 포기하는 건 너답지 않아.

멘토님의 말처럼
무한한 능력이 있는지 확인해 보는 거야.

희망을 위한 노래를 부르기 위해선
작곡가도 가수도

희망을 말하는 너만이 할 수 있어.
너라는 사람의 인생이니까.

힐링하는 하루

힐링하는 하루는 웃는 하루가 됩니다.
힐링하는 하루는 행복한 하루가 됩니다.

웃는 사람에게는 힐링하는 웃는 하루가 되지만
우는 사람에게는 무기력이 주는 불평의 하루가 되지요.

웃다 보면 힐링이요, 웃다 보면 행복이요
웃음은 힐링, 힐링은 행복.

우리 모두 웃는 힐링, 우리 모두 웃는 행복.

풍선을 불 때면

풍선은 불면 불수록 힘이 쎄집니다.
풍선은 내 볼 가득 찬 공기 덕분에 동그라미를 만듭니다.

풍선처럼 배우면 배울수록 똑똑한 강사가 되어집니다.
풍선처럼 친구의 도움으로 멋진 강사로 거듭납니다.

풍선의 신기한 기운처럼
풍선의 욕심내는 바람처럼

최고의 내가 되고 싶습니다.
최선의 내가 되고 싶습니다.

자꾸 욕심을 부리는

마음을 내리고
몸은 숙이며
관계는 소통으로 이루어지는 날.

내가 욕심을 내리고 있구나.
내가 사랑을 하려고 하는구나.

욕심은 나를 멍들게 하고
욕심은 나를 아프게 하니

욕심을 버리자.
욕심을 안아버리자.

바람이 불어옵니다

나뭇가지가 흔들리는 건
바람 때문만은 아닐 겁니다.
내 마음의 불확신 때문일 겁니다.

바람이 부네요.
자연이 부르는 바람보다
내 마음의 의욕이 사라져가기 때문일 겁니다.

바람이 부네요.
정리되지 않는 내 모습보단
내 마음속 깊은 곳 열정이 식어가기 때문일 겁니다.

붙잡아 바람을 잡아보네요.
붙잡아 마음을 안아주네요.
지금!

묵은 김치의 맛

사람에게도 그 사람만의 향기가 있습니다.
꽃향기가 나는 사람
풀 냄새가 나는 사람
바다 냄새가 나는 사람
산 냄새가 나는 사람

본인들만의 냄새는 그들의 모습이 되고 표현이 됩니다.

그 많은 냄새 중 나는 묵은 김치 같은 사람이고 싶습니다.
나는 신내가 나서 맛이 없을 때도 좋습니다.
나는 젓갈이 덜 삭혀서 맛이 없을 때도 좋습니다.

나는 익으면 익을수록 더 익어가고 성장해 가는
묵은 김치 같은 맛을 내는 사람이 되고 싶습니다.
묵은 김치의 고향의 맛을 내는 사람이 되고 싶습니다.

자신의 색을 보여주는 강사

밤샘을 해가며 자료를 만들고 새벽빛이 들어오는 시간을 마주하는 멋진 너는. 남들이 해 놓은 자료를 가지고 편안하고 안락하게 떠들어 대는 강사는 되지 말자.

따라쟁이
척쟁이
안주쟁이

순간 잘 넘기려는 안주하는 강사가 되지 말자.
매 순간순간 노력하고 성실한 강사가 되자.

나는 앵무새 같은 강사가 되지 않으려 합니다.
나는 나만의 색깔을 맘껏 보여주려 합니다.

꽃무늬 쟁반

화려한 꽃무늬로 장식되어진 너는
사람들의 마음을 즐겁게 하는구나.

붉은색 커다란 장미꽃으로 물들어진 너는
우리들의 얼굴을 웃게 만드는구나.

꽃무늬 쟁반
저 귀퉁이에 앉아 주인에 손만을 기다리는 너는
아무도 찾지 않으면 쓸모없어 보일지 모르지만
아냐 사실은 너의 이쁜 꽃무늬는 한 번 더 웃게 만들고
너의 이쁜 꽃무늬는 즐겁게 노래하게 하는 재주가 있어.

씨앗은 흙을 만나

씨앗은 흙을 만나야 새싹을 틔우고
사람은 노력을 해야 대가를 만날 수 있다.

비는 내려야 농사에 도움을 주고
사람은 경험을 해야 어른이 될 수 있다.

아침은 밤이 지나야 올 수 있고
사람은 아픔을 버텨야 상처가 나을 수 있다.
자연도 사람도.

노력하는 사람에게만 진정한 맛을 보여준다.

거울 속의 나에게

거울 속 나를 바라보며 내가 나에게 말을 걸어보았어요.

거울 속 나는 웃으며
"나에게 너는 멋진 친구야."
라고 말해 주더군요.

거울 속 나는
"너는 멋진 강사였고 앞으로도 멋진 강사가 될 거야."

내가 나에게 혼잣말을 합니다.
"너는 너라서 잘 할 거야. 너는 너라서 훌륭해."

인생을 도전할 것

하는 대로, 가는 대로 살아간다면 재미가 있을까.
살던 대로, 하던 대로 살아간다면 즐거울까.

매일매일 새로움을 만들기 위해
매일매일 다른 삶을 살아가는 것.

인생은 도전일 때 힘이 난다.
인생은 도전할 때 신이 난다.

저의 강단을 사랑합니다

강사가 늘어나면 그만큼의 경쟁이 시작되겠지요.
"강사료가 적은데 어떠세요?"
라는 질문을 받을 때 강사라는 일을 하는 나는 1초의
생각도 하지 않은 채 강사답게 말합니다.

"저는 강사료가 아닌 강단의 영웅이 되고자 합니다.
저는 강사료도 좋지만 저의 강단이 더 좋습니다."

잊고 살아온 나의 소중한 것들

세상 속으로 들어가 보면 건물들은 높아만 지고
인격은 아래로 아래로 낮아지기만 하는데

내 가난한 삶 한가운데 서 보니
내가 잊고 살아온 것들이 새롭게 피어납니다.

돈보단 사람이, 돈보단 건강이, 돈보단 행복이

언제나 내 곁에 있네요.
잊고 살아온 내 소중한 것들 속에서
자리 잡은 채로.

그리움은 사랑입니다

그립고 따스함에 밤새 외로움과 싸웠습니다.
내 마음 가득한 그리움이 속삭입니다.

대가를 바라지 않는 순수한 마음의 그리움은
그 무엇과도 바꿀 수 없는 사랑이라고.

단점보단 장점을

누구의 아내이기보단
누구의 엄마이기보단
내 이름을 먼저 얘기하는 사람이 되고 싶어요.

분명
자신감도 있고 자존감도 높은데
왜 나이를 먹을수록 소심해지는 건지.

누구보다 더 잘 살아왔기에
누구와도 비교하고 싶지 않았는데
왜 작아지고 약해지는 건지
용기가 나지 않는지.

아마도, 그건
단점을 바라보고 있는 내 모습이 만든 자화상
장점을 바라보고 있을 땐, 용감하고 용기 있었는데…

단점 많은 사람도
장점을 찾아보면 장점들만 보이는 법.

단점보단 장점을!

다시 한 번 천천히

두려움에 떨면 아무것도 할 수가 없어요.
누구나 첨엔 서툴고 어려울 수밖에 없어요.

용기를 내면 차근차근 가야 할 길이 보입니다.

숨 한 번 크게 쉬고
다시 한번
천천히 천천히 시작해 봅시다.

후회 없는 그날을

팔십 즈음이 되어
내 소원은 건강한 몸으로
내가 직접 화장실을 다녀오고
내가 직접 내 몸을 씻을 수 있었으면 합니다.

내 소원은 오늘의 내 삶에서 만들어지는 법
내 소원은 후회 없는 그날을 맞이하고 싶어서

오늘도 많이 웃고
오늘도 많이 움직이며
오늘도 신나게 살렵니다.

글을 마치며

누구보다 열심히 살아온 내 여백들
아직도 그려야 할 그림도 많고
써야 할 글도 많은데

한 부분의 한 조각의
하나를 완성하고 나니 또 허전합니다.

글을 쓰면서
참 행복한 사람이구나, 또 한 번 느끼며
참 감사한 사람이구나, 다시금 확인해 보았습니다.

그래서 더 열심히 글을 써 나갔습니다.
그래서 더 열심히 살아가야겠습니다.

웃어서 행복한 그녀 이야기

황미숙 지음

발 행 처 · 도서출판 청어
발 행 인 · 이영철
영　　업 · 이동호
홍　　보 · 천성래
기　　획 · 남기환
편　　집 · 방세화
디 자 인 · 이수빈 | 김영은
제작이사 · 공병한
인　　쇄 · 두리터

등　　록 · 1999년 5월 3일
(제321-3210000251001999000063호)

1판 1쇄 발행 · 2020년 10월 28일

주　　소 · 서울특별시 서초구 남부순환로 364길 8-15 동일빌딩 2층
대표전화 · 02-586-0477
팩시밀리 · 0303-0942-0478

홈페이지 · www.chungeobook.com
E-mail · ppi20@hanmail.net
I S B N · 979-11-5860-862-0(03810)

이 도서의 국립중앙도서관 출판시도서목록(CIP)은 서지정보유통지원시스템 홈페이지
(http://seoji.nl.go.kr)와 국가자료공동목록시스템(http://www.nl.go.kr/kolisnet)에서 이용
하실 수 있습니다.(CIP제어번호: CIP2020026138)